Meyer Kayserling

Das Castilianische Gemeinde-Statut

Antigonos

Meyer Kayserling

Das Castilianische Gemeinde-Statut

Unveränderter Nachdruck der Originalausgabe von 1869.

1. Auflage 2024 | ISBN: 978-3-38613-686-0

Antigonos Verlag ist ein Imprint der Outlook Verlagsgesellschaft mbH.

Verlag: Outlook Verlag GmbH, Zeilweg 44, 60439 Frankfurt, Deutschland, info@outlook-verlag.de
Vertretungsberechtigt: E. Roepke, Zeilweg 44, 60439 Frankfurt, Deutschland
Druck: Libri Plureos GmbH, Friedensallee 273, 22763 Hamburg, Deutschland

III.

Das Castilianische Gemeinde-Statut.

(תקנה)

Zugleich ein Beitrag

zu den

Rechts-, Rabbinats- und Gemeinde-Verhältnissen

der Juden · in Spanien.

Dr. M. Kayserling.

Inhalt.

Vorwort.

Die folgenden Blätter beabsichtigen ein tieferes Er=
forschen des Rechts=, Rabbinats= und Gemeindewesens der
Juden in Spanien anzubahnen, denn erst dann gelangen wir
zu einem klaren Verständniß der Gesammtgeschichte, wenn diese
ganz eigenthümlich gestalteten, äußerst wichtigen inneren Ver=
hältnisse und Zustände entwickelt und erkannt sind.

Die Hauptquelle für diese Arbeit bietet ein Manuscript,
welches sich in der kaiserlichen Bibliothek zu Paris (Mél. Hébr.
No. 585) befindet. Dasselbe ist in hebräischer Quadratschrift
geschrieben und wurde durch Herrn Alexander Goldberg,
Sohn unseres verdienstvollen greisen Ber Goldberg in Paris,
vor mehreren Jahren für mich copirt. Dieses Manuscript
zu entziffern war mit außerordentlicher Mühe und mit Zeit=
aufwand verbunden, und glaube ich, ohne der Bescheidenheit
zu nahe zu treten, behaupten zu dürfen, daß es mir gelungen
ist, einen ziemlich correcten Text herzustellen, wie dies übrigens
die einzelnen mitabgedruckten Stellen zur Genüge zeigen werden.

Die hier gelieferte Uebersetzung ist dem Texte möglichst
genau angepaßt; einzelne nöthige Erklärungen und Bemerkungen
sind theils in den Noten hinzugefügt, theils in der allgemeinen
Einleitung vorangeschickt.

So schließe ich mit dem innigen Wunsche, daß dieses Statut der Gemeinden Castilien's, welches nahezu 400 Jahre unter dem Staube der Bibliotheken verborgen lag und — sonderbares Zusammentreffen! mit dem Momente in die Oeffentlichkeit tritt, wo den Juden der Wiedereintritt in Castilien gestattet wird, auch der Gegenwart manches Lehrreiche und Nachahmungswerthe bieten möge.

Lengnau (Aargau),
im November 1868.

Kayserling.

I.

Die Rechtspflege.

Wie sehr auch die Juden in Spanien während des Mit=
telalters der Willkür der Regenten und dem Uebermuthe des
Adels unterworfen waren. die Regelung ihrer inneren Ange=
legenheiten war ihnen selbstständig überlassen; sie blieben trotz
aller Beschränkungen im Genusse von Privilegien, durch welche
ihnen eine solche gewissermaßen staatliche Selbstständigkeit zuge=
sichert und sie in einem gewissen Sinne den höheren bevorzug=
ten Ständen gleichgestellt waren. Die oft wiederholte Be=
hauptung, daß die Juden in Spanien und Portugal einen
„Staat im Staate“ bildeten, findet zunächst auf ihre Rechtsver=
hältnisse volle Anwendung.

Es unterliegt kaum einem Zweifel, daß die auf bestimmte
Privilegien [1] basirte Einrichtung dieses gesonderten Rechtsver=
fahrens bis in das eilfte Jahrhundert zurückreicht. Das älteste
Gesetzbuch Castilien's, die sogenannten Leyes del Estilo, trifft
genaue Bestimmungen, wie die Prozesse der Juden überhaupt
und in welchen besonderen Fällen ihre Streitsachen nicht durch
ihre eigenen Richter geschlichtet wurden. Diese bis jetzt zu

---

1) Sowohl in den Leyes del Estilo (L. 83, 84, 154) als in
anderen Quellen ist von dem privilegio de los Judios oder von
den Privilegien, welche sie von den Königen erlangt haben, „los Judios an preuilegios de los Reyes“ die Rede. Auch das Statut
beruft sich auf das „privilegio de la merced que nuestro Senior el
Rey א‎" fizo al . . . . (vgl. S. 290).

wenig beachteten Gesetze bilden den Schlüssel zum Verständniß
der Rechtsverhältnisse der Juden in Spanien, und das recht=
fertigt uns, sie in wörtlicher Uebersetzung hier folgen zu
lassen.

„Wenn ein Jude gegen einen andern Juden einen
Civil= oder Criminal=Prozeß anhebt, so ist ein solcher
Prozeß durch die jüdischen Richter (Adelantados) oder
durch die Rabbiner zu schlichten; in einer Streitsache zwi=
schen einem Juden und dem Rabbiner entscheidet der
König“. 1)

„Die Civil= und Criminal=Prozesse, welche die
Juden unter sich haben, die Zeugenaussagen, die betreffen=
den Urtheile, die Verträge, Urkunden, welche sie unter sich
machen, u. s. w. sollen nach dem Gesetze der Juden ge=
handhabt werden. Injurien, Schuldforderungen der Ju=
den gegen Juden, ob sie vor den Rabbiner oder vor einen
christlichen Alcalden gebracht werden, sind immer nach dem
Gesetze der Juden zu schlichten.“ 2)

1) Leyes del Estilo (ed. Salamanca 1569) L. 88, fol. 112 a:
Si Judio contra Judio ha demanda en pleyto ceuil, o criminal,
este tal pleyto se ha de librar por sus adelantados o por sus
rabis. E si algun Judio ha querella de los adelantados, el
rabi lo ha de librar, e si del rabi el rey. Vgl Ley 90.

2) L. 89: Otrosi .... los pleytos.... que los Judios fazen entre
si, e los juyzios, e los dichos de los testigos, e las cartas, e los
instrumentos que entre ellés se fazen...., se deuen juzgar por
la ley de los Judios tambien en los pleytos criminales, como
en los ceuiles. Vgl. hiermit das Statut, 3. Pforte, Anfang: Por
cuanto merced del dicho Senior Rey ‏י"א יאריך ימים על ממלכתו‎, que
nuestros pleytos asi ciuiles como criminales sean librados por
las leyes de los Judios ....

L. 89: E aun si el rey demanda .... o por calumnia . . .
quier lo demande ante los rabis, o ante los alcaldes
Christianos. por ley de los Judios se libra todo el
pleyto. Vgl. hiermit das Statut, 3. Pforte, Anfang: ... aunque
el cual juez — el alcalde, juez eclesiastico, o seglar de fuera

„Weil die Juden Privilegien von den Königen haben, daß, wenn sie es verlangen, ihre Streitsachen von keinem königlichen Richter beurtheilt werden, so ist zu wissen, daß, wenn das Urtheil nicht von dem Alcalden gefällt, der betreffende Richter das Gesammturtheil ausfertige, um es dem Könige vorzulegen; dieser verfügt sodann darüber nach Gutfinden." [1]

Alle Rechtsstreitigkeiten der Juden untereinander, die größten wie die geringsten, wurden von jüdischen Richtern nach dem Gesetze der Juden, d. h. nach mosaisch-talmudischem Rechte geschlichtet; es stand den Parteien Appellation an den Rabbiner (Hofrabbiner), der auch zugleich der Oberrichter (juez mayor) war, und von diesem an den König frei. Nur in gewissen näher bestimmten Fällen konnte die Streitsache vor das christliche Tribunal gebracht werden, doch mußte dann auch der christliche Richter nach mosaisch-talmudischem Rechte das Urtheil fällen.

Dieses Privilegium der eigenen Gerichtsbarkeit ist keineswegs gering anzuschlagen; es verschaffte den Juden nicht allein eine gewisse Selbstständigkeit, sondern, wie das Statut mit Recht hervorhebt, auch viele besondere Vortheile: sie wurden in der Beobachtung ihres Gesetzes bestärkt, fanden weniger Veranlassung, die christlichen Behörden mit ihren Streitigkeiten zu belästigen und entgingen vielen Nachtheilen und Kosten. [2] Andererseits war es hauptsächlich das materielle Interesse, welches die Cortes unablässig anspornte, auf die Beseitigung

de nuestra ley — haya de judgar כדיני ישראל. Vgl. auch Isaak ben Scheschet, R. G. A. 206, wo in einem von einem Alcalden gefällten Urtheile auf das „Ley de Judios" (לאיי די גודי"אוש) Rücksicht genommen wurde.

1) Ley 154: Quando aura alçada en los pleytos de los Judios, e quando no. Otrosi, porque los Judios an preuilegios de los reyes que en las sus deudas etc.

2) Statut, 3. Pforte, Anfang.

dieses Privilegiums zu bringen. Die Cortes von Palencia (1286) trugen zuerst auf Abrogation der eigenen Gerichtsbarkeit der Juden an, worauf hin der König D. Sancho verfügte, daß die Juden nicht ferner eigene Richter haben, daß vielmehr die christlichen Richter auch die Prozesse der Juden schlichten: eine Verfügung, welche auf Begehren der Cortes von Valladolid 1293, 1299 und 1307 bestätigt wurde. [1]

Alle diese Verfügungen und Cortes-Beschlüsse waren, für die Juden der Königreiche Castilien wenigstens, nicht von Dauer. Erst im Mai 1351 machten die Cortes von Valladolid wiederholt den Versuch, den Juden die eigene Gerichtsbarkeit zu entziehen. Sie gingen den judenfreundlichen König D. Pedro in einer Bittschrift an, daß er die eigene Gerichtsbarkeit der Juden aufhebe und ihnen nicht ferner eigene Richter lasse. Der König ertheilte ihnen jedoch den Bescheid, daß die Juden ein schwaches Völkchen seien, das des besondern Schutzes bedürfe. Müßten sie vor christlichen Richtern erscheinen, so würden sie sehr benachtheiligt, auch wäre zu befürchten, daß ihre Prozesse verschleppt würden. [2]

1) Cortes celebrados en los Reynados de D. Sancho IV. y de D. Fernando IV. Publ. D. Ignacio Jordan de Asso y del Rio y D. Miguel de Manuel y Rodriguez. Madrid 1775. Tit. XXII: .... tenemos por bien que los pleitos que acaescieren entre los Judios, que los libren los Alcalles de los Logares segunt dice el Privelegio del Ordenamiento que fue fecho en Palencia, que dice asi: tengo por bien que los Judios no ayan alcalles apartados asi como los agora avia. Cortes de Valladolid de 1299, Tit. XI, Cortes de Valladolid de 1307, Tit. XXX. (mißverstanden von Lindo, History of the Jews in Spain, 125).

2) Cortes de Valladolid de 1351, Pet. LXVII. Respondo que porque los Judios son gente flaca é han mester defendimiento, é porque andando ante todos los alcaldes los sus pleytos rescibirian grand daño é grand perdida de sus faciendas, porque los cristianos podrian facer daño en los emplazamientos é demandas... tengo por bien que los Judios pueden tomar un al-

Erst im Jahre 1380 wurde den Juden Castilien's die Handhabung der peinlichen Rechtspflege ernstlich entzogen und zwar in Folge eines übereilten rücksichtslosen Verfahrens, das die jüdischen Richter sich gegen den jüdischen Steuerpächter Joseph Picho zu Schulden kommen ließen.

Nichts war bei den Juden von jeher mehr verpönt und wurde härter bestraft als Angeberei und Verrath: über Angeber und Delatoren wurde Todesstrafe verhängt. In der Gemeinde Lucena ließ einst der sonst milde Rabbiner und Oberrichter Joseph Ibn Megasch einen Verräther an einem Versöhnungstage, der noch dazu an einem Sabbath fiel, durch Steinigung hinrichten. [1]) Die „heiligen Gemeinden in Aragonien, Valencia, Catalonien, Castilien und Navarra" hatten diesen Brauch, die Delatoren „aus der Welt zu schaffen", seit uralten Zeiten. [2])

Nirgends waren die Angebereien häufiger als in Spanien, so daß das Wort malsin sogar das Bürgerrecht in der spanischen Sprache erlangt hat. [3])

Als die Vertreter der jüdischen Gemeinden Catalonien's und Valencia's im Jahre 1354 einen Entwurf ausarbeiteten, um über verschiedene Mißbräuche dem Könige Vorstellungen zu machen, war ein Hauptpunkt, daß ihnen das alte Recht ein=

calde . . . . . Betreff der Juden in Navarra, vgl. meine Geschichte I. 76.

1) RGA. Jehuda Ascheri 55 a bei Grätz, Geschichte der Juden VI., 130.

2) Isaak ben Scheschet RGA. 79: לבער המלשינים מן העולם ולקיים בהם מצות ובערת הרע מקרבך וזה היה דרך הקהלות הקדושות בספרד בארגון וקטלוניא בבלינסיאה ..., Ayala, Cronicas, II. 126 (a. 1379) ca decian (los Judios de las aljamas). que siempre ovieran ellos por costumbre de matar cualquier Judio que era malsin.

3) מלשין = malsin (Verläumder, Angeber) im Spanischen semeur de faux rapports, de calomnies, daher malsindad und malsineria, das Verbum malsina, und sogar malsinut findet sich bei Ayala, Zuñiga u. a.; vgl. auch meine Geschichte I, 206.

geräumt werde, „die Dornen aus dem Weinberge“, die Dela=
toren und Verräther aus ihrer Mitte entfernen, mit dem Tode
bestrafen zu dürfen. [1] Zwar bedurfte der jüdische Gerichtshof
zur Hinrichtung eines zum Tode Verurtheilten einer besonderen
Bestätigung durch ein königliches Handschreiben, aber gab es
nicht reiche und einflußreiche Juden genug, welche sich ein Sol=
ches leicht verschaffen konnten? Auch wurde mit solchen Dela=
toren je nach Sinnesart der Richter wenig Umstände gemacht,
und so trug das eigenmächtige oft rücksichtslose Verfahren der
jüdischen Richter dazu bei, daß ihnen die peinliche Gerichtsbar=
keit genommen wurde.

Die nächste Veranlassung bot die Hinrichtung des Ober=
steuerpächters Joseph Picho aus Sevilla. Dieser, von eini=
gen neidischen jüdischen Höflingen der Unterschlagung beim
Könige Heinrich II. angeklagt, verwickelte aus Rache seine Feinde
in eine schwere Anklage. Als D. Juan I., der Sohn und
Nachfolger D. Heinrich's, in Burgos gekrönt wurde, benutzten
einige einflußreiche Juden der Gemeinden Castilien's [2] diese
Gelegenheit, um sich des der Verrätherei angeklagten Picho zu
entledigen. Sie stellten dem Könige vor, daß es von jeher
Brauch bei ihnen sei, diejenigen, welche als Verräther unter
ihnen auftreten und somit den Frieden der Gemeinden und
Familien stören', mit dem Tode zu bestrafen, und gingen ihn
um die Erlaubniß an, einen solchen verworfenen Menschen hin=
richten zu dürfen.

Der König, von den Krönungsfeierlichkeiten in Anspruch
genommen, ertheilte, ohne die Sache näher zu untersuchen, ja
ohne auch nur nach dem Namen des Deliquenten zu fragen,

---

1) Dieses Actenstück zum ersten Male veröffentlicht in החלוץ, Ab=
handlungen über jüdische Geschichte, Literatur und Alterthumskunde
I, 22 ff, S. 30: לבד ראה זה נסעד לאלהינו בכל דור ודור לכלות קוצים מן
הכרם ולעדור ולהסיר סירים סבוכים מלשין ודלטור ‎.....

2) llegaron algunos Judios de las Aljamas al Rey, Ayala,
l. c. II. 126.

die verlangte Bestätigung (albala), damit der Häscher (Alguacil) das Todesurtheil vollziehen könne. Mit diesem königlichen Schreiben und dem Urtheile des Rabbinats = Collegiums versehen, begaben sie sich zu Fernan Martin, dem Häscher; dieser trat mit zwei oder drei Juden in Picho's Haus, unter dem Vorwande, daß seine Maulesel gepfändet werden sollten, ergriff und enthauptete ihn. (21. August 1379.)

Der König Don Juan war über diese That sehr aufgebracht; die jüdischen Vollstrecker des Todesurtheils und einen jüdischen Richter aus Burgos ließ er öffentlich hinrichten, Fernan Martin ließ er eine Hand abhauen. [1] Um ähnlichen Vorkommnissen ein für allemal vorzubeugen, entzog er den Juden die bis anher ausgeübte peinliche Gerichtsbarkeit. [2] Die Cortes von Soria erhoben im folgenden Jahre das königliche Verbot zu einem dauernden Gesetze:

„Da die Juden unserer Reiche Rabbiner und andere Richter unter sich zu ernennen pflegten und ihnen die Macht einräumten, alle unter ihnen vorfallenden Civil= und Criminalfälle zu entscheiden, woraus dem Lande viel Unheil und Nachtheil erwuchs, darum beschließen wir, daß fernerhin kein Jude, weder Rabbiner, noch Aeltester, noch Richter, noch irgend eine Person, es wage, irgend ein Criminal = Urtheil zu fällen. . . . Alle Civilprozesse können sie nach ihrem Gesetze auch ferner schlichten; Criminalfälle sollen jedoch durch einen von den Juden zu wählenden Alcalden beurtheilt werden, wobei das Appel-

---

1) Ayala, l. c. 126 ff. Zuñiga, Añales de Sevilla (Madrid 1795), II. 211, vgl. auch Ad. de Castro, Judios en España, 67 ff., Grätz, l. c. VII, 45, u. a.

2) Ayala, l. c. 127: E de aquel dia en adelante mandó el Rey que los Judios non oviesen poder de facer justicia de sangre en Judio ninguno, la qual fasta entonce facian, e lo libraban segund su ley e sus ordenanzas

lations= und Bestätigungsrecht dem Könige vorbehalten bleibt. [1]
Im Jahre 1385 wurde dieses Gesetz durch die Cortes von
Valladolid erneuert. [2]

Juan II. entzog im ersten Jahre seiner Regierung (1406)
und sechs Jahre später (1412) durch ein in Valladolid erlasse=
nes Edict, den Juden auch das Recht, Civilstreitigkeiten
schlichten zu können.

„Die jüdischen Gemeinden in meinem Reiche und in mei=
nen Herrschaften", heißt es in dem Edicte von 1412, „sollen
fernerhin keine Juden als Richter haben. Jede derartige
Macht, welche ihnen von mir oder von meinen Vorgängern,
den früheren Königen, sei es durch Privilegien oder durch son=
stige Gesetze, eingeräumt worden, ist durch dieses Gesetz auf=
gehoben. Hingegen befehle ich, daß alle Civil= oder Criminal=
prozesse durch die Alcalden der Städte und Flecken, wo sie
immer wohnen, geschlichtet werden, will aber auch, daß die

1) Ordenamiento sobre los Judios hecho en las Cortes de
Soria 1380, S. 6: Otrosi por razon que los Judios de nuestros
reynos usavan a sacar rabis entre si é otros jueses, é les da-
van poder para que pudiesen librar todos los pleytos que entre
ellos acaesciesen, asi civiles como criminales .... por esta razon ordenamos, é mandamos, que de aqui adelante non sea
osado ningunt Judio de nuestros reynos, asi rabis como viejos
é adelantados nin otra persona alguna .... de se entremeter
de judgar de ninguno pleyto que sea criminal....

2) Pet. 16, S. 22. Daß die Juden die Aufhebung der eigenen
Gerichtsbarkeit nicht gleichgültig aufnahmen, läßt sich denken, ob sie
aber, wie Dispensero mayor S. 77 angiebt: los Judios ... mal-
decian a este Rey (Juan I.) ist sehr zu bezweifeln; auch ist es un=
wahrscheinlich, daß die Abrogation der Gerichtsbarkeit in Spanien
auf die Juden keinen Einfluß geübt habe. Daß die peinliche
Gerichtsbarkeit in Spanien aufgehoben war, ersieht man aus
Isaak ben Scheschet RGA. 251 כבר ידעת שכל מה שדנין דיני נפשות בזמן
הזה . אינו מן הדין שכבר בטל: דיני נפשות Dieses Gutachten ist jedenfalls
nach 1380 ertheilt.

Alcalden in ihren Urtheilen sich nach dem bei den Juden in Ansehen stehenden mosaisch = talmudischen Rechte richten sollen." [1)]

Diese königliche Verordnung blieb nicht lange in Kraft, wie sich weiterhin ergeben wird.

[1)] Das Gesetz bei Lindo, l. c. 198.

II.

Die Luxusgesetze.

Eine nicht minder wichtige Stelle in der Entwicklungs=
geschichte der Juden in Spanien bildet der Luxus und die
durch ihn hervorgerufenen Gesetze.

Aufwand und Luxus hielten mit der günstigen Stellung,
welche die Juden, namentlich in Castilien, mehrere Jahrhun=
derte einnahmen, und mit ihrem wachsenden Reichthume gleichen
Schritt. Die Sucht der Juden nach äußerem Gepränge, ein
hervorstechender Charakterzug der Orientalen, wurde in Spanien
noch genährt; wer ist mehr dem Wohlleben, der äußeren Pracht
und dem Luxus ergeben als der Spanier? Der Hof und der
hohe Adel gingen mit dem Beispiele voran. Schon unter
Alphons VII zeichnete sich der castilianische Hof durch Glanz
und Ueppigkeit vor allen andern so sehr aus, daß der deutsche
Kaiser Friedrich I. ihn nicht genug rühmen konnte, und um
die Mitte des 13. Jahrhunderts hatte der Luxus unter allen
Classen der Bevölkerung so gewaltig um sich gegriffen, daß
Alphons der Weise es für dringend nothwendig hielt, energisch
dagegen einzuschreiten. Er war es, der im Jahre 1256 den
Aufwand in Kleidern, sowohl in Ansehung der Stoffe als der
Form beschränkte, die Anzahl der Schüsseln, die täglich auf den

Tisch kommen durften, für jeden Bewohner bestimmte und dem Aufwand bei Gastmählern steuerte. Wie wenig aber diese Verordnungen gewirkt haben, beweisen die Beschlüsse der Cortes von Valladolid, welche eine Erweiterung der Luxusgesetze enthielten und ausdrücklich bestimmten, daß Niemand für Hochzeitskleider mehr als 60 Maravedis ausgeben dürfe. [1)]

Trotz aller Gesetze und Verordnungen nahm der Luxus immer zu und hatte unter Pedro dem Grausamen seinen Höhepunkt erreicht. Der einzige Samuel Levi, der Schatzmeister dieses unglücklichen Königs, besaß nicht weniger als zwanzig Koffer mit Schmucksachen, mit sammetnen und seidenen Gewändern.

Durch nichts zogen sich aber die Juden mehr den Haß und den Neid der Bevölkerung zu als durch den Luxus. Unaufhörlich wurde daher auch von den Rabbinern und Moralisten dagegen geeifert. „Sie bauen sich Paläste,“ ruft Salomon Alami klagend aus, „sie fahren in Prachtwagen und reiten auf reichgeschmückten Mauleseln, sie legen Prachtgewänder und Mäntel an und kleiden ihre Weiber und Töchter wie Fürstinnen und Gebieterinnen, sie gehen einher im höchsten Schmucke, in Gold und Silber, Perlen und Edelsteinen.“ [2)]

Als ihr Glücksstern wich und sie aus den einflußreichen Stellungen, die sie an den Höfen und bei den Abligen einnahmen, verdrängt wurden, als die feindliche Stimmung des Volkes sich gegen sie Luft machte, da wurden auch neue Gesetze gegen den von ihnen getriebenen übermäßigen Luxus erlassen.

1) Archiv für Geographie, Historie u. s. w. 2. Jahrgang 2 7 f. Noch. 1498 wurde in den Cortes von Toledo über den ungeheuren Luxus der Frauen geklagt diciendo quel quitar de los brocados y bordados que ya mandamos quitar no era remedio. Teoria de las Cortes, 236.

2) Alami, אגרת מוסר (aus dem Jahre 1415) ed. Jellinek, 27.

So verlangten die Cortes von Toro im Jahre 1371, daß die Juden nicht in reichen Gewändern öffentlich erscheinen, nicht auf Mauleseln reiten und keine christlichen Namen führen dürfen. [1])

Was war von königlichen Verordnungen zu erwarten, da doch selbst die schrecklichsten Leiden und Verfolgungen über die Juden Spanien's nichts vermochten? In dem Jahre 1412, welches eins der traurigsten in der jüdischen Geschichte ist, erließ die Regentin D. Catalina im Namen des königlichen Kindes D. Juan II. ein Edict, das zum Zwecke hatte, die Juden vollends zu Boden zu drücken und sie der Verachtung Preis zu geben. Dieses Edict enthält auch mehrere Bestimmungen über die Tracht der Juden. Alle Juden und Jüdinnen sollten lange Kleider und Mäntel, die bis zu den Füßen reichen, fortan tragen, und die Jüdinnen ihre Köpfe mit Kapuzen bedecken. Wer diesem Gesetze zuwider handelte, wurde mit dem Verluste der Kleider bestraft. Kein Jude sollte dreißig Tage nach Publication des Edictes noch Kleider tragen, welche den Werth von dreißig Maravedis übersteigen; alle Zuwiderhandelnden wurden mit Verlust der Kleider, mit körperlicher Züchtigung oder auch mit Confiscation des Vermögens bestraft. [2])

Sechs Monate später (17. Juli 1412) erließ die Regentin in Cifuentes ein ähnliches Edict, nach dem die Kleider der Juden einen Werth von sechszig Maravedis haben durften, das aber den Männern das Tragen von Hüten mit langen Trobbeln verbot — sie sollten sich einer trichterförmigen Kopfbedeckung bedienen — und besonders gegen den Luxus der jüdischen Frauen eiferte. Diese sollten keine Mantillen und Schleier mit Spitzen oder Besatz tragen, ihre Kleider sollten den Werth von sechszig Maravedis nicht übersteigen, an ihren Kopfbedeckun=

1) Bei Lindo, l. c. 155.
2) Bei Lindo, 196 f.

gen sollten keine goldenen Verzierungen sein — Alles bei Verlust der Kleider im Falle der Uebertretung dieses Edicts. [1]

So mußten die Juden Spanien's statt der rauschenden Gewänder ärmlich Kleider tragen. Es dauerte jedoch nicht lange, und die Kostbarkeiten kamen wieder zum Vorschein.

1) Lindo, l. c. 205 f. M. s. das Gesetz des Königs Carl III. von Navarra vom 22. April 1405, nach dem es den jüdischen Frauen verboten war, goldene oder silberne Guirlanden, Perlen, Edelsteine, seidene Kleider, Schleier, grauen Besatz u. dgl. m. zu tragen; meine Geschichte I. 72.

III.

Das castilianische Rabbinat.

D. Meïr Alguades und D. Abraham Benveniste.

Die neueste Zeit, welche überall das Bestreben zeigt, die früheren Verhältnisse denen der Gegenwart anzupassen und Analogien zwischen dem Mittelalter und der Neuzeit oft irgend einer Tendenz zu Gefallen da aufzusuchen, wo sie gar nicht zu finden sind, hat, vielleicht auch aus Furcht vor der jetzt gemiedenen Hierarchie, das Vorhandensein von officiellen Großrabbinern, Oberrabbinern oder Hofrabbinern geradezu in Abrede gestellt. Ob es im deutschen Reiche solche von den Regenten eingesetzte Oberrabbiner gegeben hat oder nicht, wollen wir hier nicht untersuchen, so viel ist gewiß, daß in den romanischen Staaten, in Portugal, Castilien, Navarra königliche Oberrabiner existirten. Sie waren die Vermittler zwischen den Gemeinden und dem Staate, gewissermaßen Kronbeamte, und als solche stets hervorragende Persönlichkeiten.

Aehnlich der Stellung des Ober= oder Großrabbiners in Portugal [1]), war die des Hofrabbiners (Rab de la Corte) [2]) in Castilien, nur war die Jurisdiction des letztern nicht so ausgedehnt wie die seines Collegen in Portugal. Er führte die Aufsicht über die öffentlichen Schulen, über die Cultus=, zum Theil auch über die Gemeindebeamten; er hatte in gewissen Fällen die

---

1) Ueber das Rabbinatswesen in Portugal, vgl. meine Geschichte der Juden in Portugal, 8 ff.

2) Diese Bezeichnung tritt in unserm Statute zum ersten Male auf.

Richter zu ernennen; ihm lag die Ordnung des Steuerwesens in der Gemeinde ob, an ihn wurde in Rechtsfällen appellirt und er übte die höchste Gewalt. [1]

Es liegt nicht in unserer Absicht, eine chronologische Reihenfolge der castilianischen Ober- oder Hofrabbiner hier zu liefern und beschränken wir uns auf diejenigen, welche mit dem castilianischen Gemeindestatut in directer Verbindung stehen.

Nach dem im October 1385 erfolgten Tode des als Oberrabbiner Castilien's bekannten D. David Ibn Jachia bekleidete das erledigte Oberrabbinat Don Meïr ben Salomon Alguades. [2]

Glied einer wohlhabenden, ja reichen castilianischen Familie, [3] war er einer der hervorragendsten Männer seiner Zeit. Aehnlich seinem Verwandten D. Joseph Alguades, dessen spanische Secreta Medica durch den Historiker Joseph Cohen ins Hebräische übersetzt sein sollen, [4] lag auch er der medicinischen Kunst ob und erlangte durch seine schriftstellerische Thätigkeit auf diesem Gebiete, mehr aber noch durch seine glücklichen Curen eine solche Berühmtheit, daß der damalige König von Castilien (Heinrich III.) ihn zu seinem Leibarzt ernannte und ihm später das castilianische Ober- oder Hofrabbinat in Verbindung mit dem Oberrichteramt über-

1) S. Statut S. 305. Nach dem Fuero de S. Fagund (Sahagun) bei Lindo, l. c. 90, wurden die Richter immer von den Rabbinern ernannt.

2) In unserm Mscr. wird er דון כאיר אלואריש, sonst wird er auch wohl אלואדיש , אלגואדיש , אלגדיש genannt.

3) In meiner Geschichte der Juden in Portugal, 33, 35 habe ich die Vermuthung ausgesprochen, daß der reiche Don David Algabuxe-Alguados oder Alguades, der Schwager des portugiesischen Schatzmeisters D. Juda, ein Verwandter des D. Meïr Alguades sei. Ein Abraham Alguades, ebenfalls ein reicher Mann, lebte in Vitoria (vgl. meine Geschichte I. 122.)

4) Steinschneider in der Encyklopädie von Ersch-Gruber, Bd. 31, S. 83, Bd. 27, S. 416.

trug. [1]) Keinen Würdigeren hatte er für diese überaus wichtige Stellung ausersehen können. D. Meïr, Schüler des R. Jehuda ben Ascher, war ein gründlicher Kenner des Talmuds, mit Philosophie vertraut, [2]) von seinem Könige geschätzt, von Allen geliebt und verehrt; er machte sich um das Judenthum verdient und stand lange Zeit in den Riß, [3]) so daß die castilianischen Gemeinden ihm die schuldige Dankbarkeit auch nach seinem Tode treu bewahrten: sie befreiten sowohl seine ihn überlebende Wittwe Batseba, als auch seine Tochter Luna, [4]) welche mit dem angesehenen D. Meïr Ibn Alfachar [5]) aus Toledo verheirathet war, auf Lebzeiten von allen Steuern. [6])

Wie [7]) und wann D. Meïr Alguades aus dem Leben

1) ובזה הזמן שנת ק"ס היה הרב הגדול בכל מלכות קשטילייא חכם גדול בתורה רופא המלך ותובן גדול היה. דן מאיר אלגואדיש Juchasin 225 חסיד גדול והוא תלמוד דר' יהודה בן אשר הקדוש. Der Dichter Salomo Dafiera nennt ihn: השר הטפסר החכם הרב המ:בדק

2) Im Vereine mit Benveniste Ibn Labi übersetzte er (1405) die Ethik des Aristoteles, ס' המדות, ins Hebräische (herausgegeben und mit Commentar bereichert von Isaak Satanow, Berlin 1791.)

3) Im Statut wird von ihm gerühmt: fizo טובית הרבה בישראל, y fue עומד בפרץ זמן רב. Steinschneider, Cat Bodl. 1691: obrutum onere negotiorum omnium populi sui (nach der Einleitung zu ס' המדות).

4) Seine Wittwe und seine Tochter werden meines Wissens sonst nirgends genannt; vgl. Statut S. 322.

5) Alfachar == אלפכ"ר == היוצר, eine alte Familie, welche in Toledo blüthe, wir erinnern an Abraham Ibn Alfachar, „eine Zierde des Königs, ein Ruhm der Fürsten", eleganter Dichter so wie auch Staatsmann (starb 1239), Jehuda Alfachar, Joseph Alfachar und andere.

6) Statut S. 323.

7) Ob D. Meïr Alguades in seiner Stellung als königlicher Leibarzt in Wirklichkeit hingerichtet wurde, wie Alphons de Spina, Colmenares, Historia de Segovia 324a und nach Spina auch Usque, Consolaçam de Israel, No. 23, Gedalja Ibn Jachia, Schalschelet 115a, Joseph Ha=Cohen, Emek Habacha 78, Cardoso, Excellencias, 373 u. a. berichten, habe ich schon in meinem „Sephardim"

ſchieb[1]), iſt ebenſo wenig zu beſtimmen, wie ſich ermitteln läßt, wer ſein unmittelbarer Nachfolger im Hofrabbinat war.

Erſt 1432 lernen wir in der Perſon eines Don Abra=ham, oder, um ihn gleich mit ſeinem vollſtändigen Namen zu nennen, Don Abraham Benveniſte ſeinen Nachfolger kennen.

Don Abraham, wie er in unſerm Statute gewöhnlich genannt wird, oder Don Abraham Benveniſte wurde im Jahre 1432[2]) durch den Willen der jüdiſchen Gemeinden Caſtilien's, auf Wunſch der Gelehrten und auf Grund der Vorſtellungen und Petitionen der caſtilianiſchen Judenheit zum Hofrabbiner (Rab de la Corte) und Oberrichter (Juez mayor) vom Könige Juan II. ernannt.[3)] Ueber ihn und ſein Leben erfahren wir wenig, wie denn Don Abraham bis vor Kurzem eine faſt ver=geſſene oder wenigſtens unbekannte Perſönlichkeit war.

332 Note 7? bezweifelt und werde durch das Statut in dieſem Zweifel noch beſtärkt. Hätte D. Meïr Alguades den Märtyrertod erlitten, ſo würde ihm das Statut, deſſen Abfaſſungszeit dem angeblichen Ereig=niſſe ſo nahe liegt, das in ſolchen Fällen übliche Epitheton הקדוש ge=wiß beigelegt und ſich mit dem bloßen ז"ל (זכרונו לברכה) nicht begnügt haben. Uebrigens wurde die ganze Vergiftungsgeſchichte bereits im vergangenen Jahrhunderte von den Herausgebern der Historia de España des P. Mariana (ed Valencia, VI. 265) für Fabel erklärte.

1) Colmenares, l. c. nimmt 1410 als ſein Todesjahr an.

2) Uebereinſtimmend mit unſerm Statute, ſ. Anfang, gibt auch Çacuto (Juchaſin 226) 1432 als das Jahr an, in welchem Don Abraham das Rabbinat antrat: אז (בימי הר' יוסף בן שם טוב) חזרה העטרה ליושנה ונתמנה הרב החסיד דשלם בכל דין אברהם בן בנשת . — Conforte, der dieſe Stelle aus Juchaſin copirt, ſchreibt 27 b richtig — בנבנשת שנת קצ"ב והוא החזיק התורה ולומדיה ודהסיר דרבה שמדות בממונו

3) Statut S. 289 ... esta ordenanza non atange niu pueda atañer el dicho א"י נכבד רב דון אברהם por cuanto el חפץ del כלל de las יצ"ו קהלות era, y es que el fuese su juez mayor, y su repar-tidor, haya pedimento de תלמידי חכמים, y hay seguimiento de קהלת יצ"ו, y por sus peticiones lo ganó ובקבלתם .

Sein Zeitgenosse, der Arzt Chajim Ibn Musa, der Verfasser des polemischen oder apologetischen Werkes „Schild und Lanze" (מגן ורומח) erwähnt dieses „geehrten Rabbiners Don Abraham,"[1] daß er sich nämlich einst unwillig gegen zwei junge Männer ausgelassen, welche sich in der, damals in Spanien grassirenden willkürlichen quasi-philosophischen Schriftauslegung und Predigtmanier ergangen hatten.[2]

Don Abraham war vor Uebernahme des Hofrabbinats[3] bereits ein angesehener und betagter Mann, wie aus der jüdischen Chronik des Ibn Verga unzweideutig hervorgeht. Derselbe erzählt nämlich, daß der König Alphons der Große von Spanien oder vielmehr Aragonien einst einen Traum gehabt hätte, den Niemand zu seiner vollen Zufriedenheit zu deuten verstand. Er ließ daher einen gelehrten Juden, „Benvenist den Alten" vor sich kommen, und sagte zu ihm: „Verstehst Du Dich wohl, Gelehrter, auf Deutung der Träume, wie Deine Glaubensgenossen sie in frühern Zeiten verstanden haben?"

Hierauf entgegnete Don Abraham: „Herr und König! Nachdem wir aus unserm Lande vertrieben worden sind, ist

1) Es ist gewiß mehr als blos zufällige Ehrenbezeugung, daß Alle, welche des Don Abraham erwähnen, — das Statut, Ibn Musa, Schevet Jehuda, Çacuto, Jacob Ibn Chabib — ihm den Titel „Don" beilegen; bekanntlich war es den Juden durch das Edict von Januar 1412 verboten, sich mündlich oder schriftlich Don nennen zu lassen.

2) עוד כי ראיתי תלמידים חולקים זה על (זה) בדרשותיהם מדברים בדברים חצונים כמו: שקרה בפני ה.ר ב הנכבד דון אברהם באן בנשת זצ״ל שדרשו לפניו בענין הזה שני תלמידים חכמים בחורים על דרך הצ׃זרה• עד שקם הרב וחרף וגדף מחלוקתם .

3) Ob Don Abraham noch ein anderes Staatsamt bekleidet, ist nicht genau angegeben; da die Dialoge im Schevet Jehuda vor seiner Ernennung zum Hofrabbiner geführt wurden, so lassen die Worte וכל עסק קשטיליא בידי (118) es vermuthen.

jede Weisheit von uns gewichen, wie sollten wir also Träume zu deuten verstehen?"

Darauf der König: „Das ist nicht wahr, denn ich habe von Fra Pablo, welcher von Salamanca kam, gehört, wie er mir sagte, daß er und seine Freunde mit einem gelehrten Marranen heimlich das Studium des Talmuds betrieben habe, wobei er bemerkte, daß er nach vielen Tagen und Jahren, in denen er diesem Studium obgelegen, eingesehen hätte, daß diese Wissenschaft tiefer sei als alle anderen. Wenn nun das Exil die Wissenschaft vernichtet, wieso verstanden die Juden, nachdem sie in Babylon in Gefangenschaft gewesen waren, jene Wissenschaft?"

Darauf antwortete der Jude: „Obwohl sie im Exil gelebt hatten, so war doch noch eine Ader von Wissenschaft in ihnen, da sie den großen Gelehrten, den Männern der Ueberlieferung, der Zeit nach nahe standen; wir aber stehen jenem Ursprunge der Gelehrsamkeit überaus fern, darum ist auch heute unser Licht und die Leuchte unserer Lehre erloschen und wir tappen alle= sammt wie Blinde umher."

Hierauf der König: „Wo giebt es aber noch eine solche Thorheit als die, zu behaupten, daß, weil ihr aus eurem Lande vertrieben worden seid, ihr die Kenntnisse verloren hättet; ist etwa die Wissenschaft von einem Lande und nicht vielmehr von dem Verstande des Menschen abhängig?"

Da antwortete der gelehrte Jude: „Herr! Nicht etwa in Folge unserer Verbannung aus unserm Lande kömmt dies, sondern weil unsere Vernunft gebannt ist, indem dieselbe bei unserer Dienstbarkeit im Exile auf das gerichtet ist, was wir zu unserer Erhaltung und Herbeischaffung des Tributs und der königlichen Abgaben nöthig haben; wie sollte uns da noch für wissenschaftliche Gegenstände Muße bleiben?"

Nach einer kurzen Unterbrechung kam der König auf den übertriebenen Luxus der Juden zu sprechen.

„Ich wundere mich sehr", sagte er, „über euch Juden, daß während das Exil eure Weisheit vernichtet hat, es nicht auch euren Stolz vermindert hat. Warum schränkt ihr eure Neigung der Herrschaft gegenüber nicht ein und kleidet euch wie freie Leute, während ihr dienstbar seid? Ihr wißt ja gar wohl, daß der Stolz nur unter niedrigen Menschen gefunden wird."

Hierauf der Jude: „Dieser Umstand gerade veranlaßt den Stolz, indem der Niedrige sich durch prächtige Kleider zu erheben sucht, damit er nicht völlig sinke, und dazu noch, Herr, hüllen sich in prächtige Kleider ja nur die Jünglinge und die Frauen; bei Jünglingen und Frauen aber Verstand suchen, heißt Füchse im Meere und Fische auf dem Lande suchen. Hast Du wohl, o König, mich, Deinen Knecht, obwohl ich die ganze Verwaltung Castilien's zu besorgen habe, in Seide gekleidet gesehen? . . ." [1]

Auf denselben Punkt, den Luxus, kam der König bei einer andern Gelegenheit mit Don Abraham Benveniste noch einmal zu sprechen.

In Folge einer Blutanklage, welche gegen die Juden in Ecija erhoben wurde, begab sich Don Abraham Benveniste mit Don Joseph Hanassi und R. Samuel ben Schoschan zum Könige.

Da warf ihnen der König den Hang der Juden zum Luxus und Vergnügen vor: „Wenn ihr Knechte und Verbannte seid, warum legt ihr fürstliche Kleider an, was nur dazu dient, Haß und Neid zu erregen, und doch habe ich in meinem Reiche den Befehl ertheilt, daß ihr euch nicht in Seide kleiden sollt. Was bedeuten jene eure Versammlungen, indem ihr auf den Märkten an Beschneidungs- und anderen Festtagen einherziehet, fürstlich gekleidet, während das Volk dies mit neidischem Blicke ansieht?"

1) Schevet Jehuda (ed. Wiener) 116 ff.

Die Gesandten erwiderten: „Was die seidene Kleidung anlangt, so findet sich, seitdem das Edict bekannt gemacht worden, Niemand von uns, der es übertritt, und wir, als die Abgeordneten Deines Volkes und die reichsten darunter, erscheinen, obwohl man am Thore des Königs nur in kostbarer Tracht sich zeigen soll, in schwarzen Kleidern, die zu einem billigen Preise zu haben sind.“

Hierauf erhob sich ein Mann und sprach: „Aber die Frauen kleiden sich in Seide und gewirkte Stoffe und tragen güldenes Geschmeide.“

Da entgegneten die Gesandten: „Das Edict lautet ja nur, daß kein jüdischer Mann sich in Seide kleiden dürfe, von einer Frau ist darin keine Rede, und da glauben wir, daß es bei den Königen Brauch wäre, den Frauen dies aus Rücksicht und als Zeichen der Ehre zu erlauben.“

Da sprach der König: „Demnach geht ihr wie die Esel eines Kohlenbrenners einher, eure Frauen aber wie die Maulesel des Papstes, was unbillig ist.“ [1]

---

1) Schevet Jehuda, 25 ff. Man braucht nicht wie dieses von Grätz (l. c. VIII. 427) geschehn, die von dem Chronisten angegebene Zeit, in welcher diese Dialoge gespielt haben, in Zweifel zu ziehen; Zeit und Umstände passen recht gut auf Alphons (Alonso) V., den Großen, von Aragonien, der von 1416 — 1458 regierte. In dieser Epoche gab es bereits Marranen, waren die Luxusgesetze erlassen und die Portugiesen als tüchtige Seefahrer bekannt. Alonso V. wird auch sonst Maximus et clarissimus rex (Aeneas Sylvius, histor. Frid. III. 84 bei Schmidt, Geschichte Aragonien’s 362 genannt), und liebte es, gelehrte Unterhaltungen zu führen. Die einzige Schwierigkeit, die sich dieser Annahme entgegenstellt, ist, daß die in dem einen Dialoge angeführten Thatsachen sich auf Castilien beziehen. Die Berufung auf Don Pedro paßt auf keinen besser als auf Don Pedro IV. von Aragonien, der 1387 starb. Jedenfalls wurden die Dialoge, die „viel Wahrheit und wenig Dichtung“ enthalten, in der Zeit von 1419 — 20 (dem 3. und 4. Regierungsjahre Alonso’s) bis 1432, dem Jahre, wo Don Abraham zum Hofrabbiner ernannt wurde, geführt.

Es ist überflüssig an der Hand des „Statuts" noch den Beweis zu führen, daß in diesen Dialogen von Niemand anders als von dem Hofrabbiner Don Abraham Benveniste die Rede ist, oder vielmehr, daß der Hofrabbiner Don Abraham, Benveniste der Alte und Don Abraham Benveniste identisch sind.

Don Abraham Benveniste kann als die letzte Säule zur Erhaltung des Judenthums in Spanien betrachtet werden. Nach den verheerenden Stürmen, welche die spanische Judenheit und in gewissem Sinne das Judenthum während der Jahre von 1390 bis 1415 zerklüftet hatten, stellte er sich die Aufgabe, wenigstens die geistige Hebung der an den Rand des Verderbens geführten Glaubensbrüder nach Kräften zu fördern, und war bemüht, die jüdische Lehre in dieser traurigen Zeit allgemeiner Stagnation von Neuem in sichere Bahnen zu leiten. Das Judenthum in Spanien war in der That dem Verfalle sehr nah.

Das Licht und die Leuchte war, wie der greise Don Abraham selbst sagt, fast erloschen, das Studium des Gesetzes in Abnahme, der Strom des Geisteslebens plötzlich versiegt, die Hände der Gesetzeskundigen waren erschlafft, von Schulen konnte kaum noch die Rede sein, es fehlte den Eltern theils an Lust, theils an Vermögen, ihre Kinder unterrichten zu lassen. Die Männer der Lehre und Treue, die würdig sind in göttlichen Dingen Recht zu sprechen, fehlten. Die große Masse war tief gesunken, Einer haßte den Andern, Angebereien und Delatorenwesen waren an der Tagesordnung. Die Verräther mehrten sich in schrecklicher Weise; Jeder wollte sich steuerfrei machen und die Last der Abgaben auf die ärmere Klasse wälzen; die Steuerrevisoren begingen freventlich offenbares Unrecht; die Vorsteher der Gemeinde handelten willkürlich; gegen die Sittlichkeit wurde öffentlich gefehlt; kein Staatsgesetz konnte dem augenaufreißenden Luxus Einhalt thun.

Angesichts dieses allgemeinen Verfalls trat Don Abraham mit aller Entschiedenheit „in den Riß." Die Gelegenheit war günstig. Der damalige König Juan II., ein freilich schwacher, aber den Wissenschaften ergebener und gutmüthiger Monarch, beschützte die Juden gegen die Wuth des Volkes und die gehässigen Forderungen der Cortes, er ertheilte ihnen gewisse Privilegien, unter andern auch das Recht, daß die jüdischen Richter in Civilstreitigkeiten, „wie es Brauch und Herkommen sei", wieder erkennen. ¹)

Mit solchen königlichen Privilegien versehen, berief er im Monat Ijar (Mai 1432) nach der damaligen Hauptstadt Valladolid eine allgemeine Synode, bestehend aus Vertretern der Gemeinden, Gelehrten und sonst angesehenen Männern, und diese entwarfen ein Statut, welches als Basis einer Gemeindeordnung gelten kann, ·und nach dem sich alle Gemeinden Castilien's die nächsten zehn Jahre richten sollten: es umfaßte Unterricht, Gottesdienst, Steuerwesen, den Frieden im Schooße der Gemeinden und den Luxus.

Wir lassen dieses Statut, dem das mosaisch = talmudische Recht, frühere Synodalbeschlüsse und Gemeindeeinrichtungen, so wie die bestehenden Staatsgesetze als Grundlage dienen, nunmehr in wörtlicher Uebersetzung folgen.

1) Orden. Reales de Castilla Lib. 8, Tit. 3 L. 16 und 35.

IV.

Das Statut.

1 *)

1) Der Anfang des Mscr.,   ungefähr eine Zeile

*) Da äußere Umstände verhindern, daß der ganze span. Text, wie ich es Anfangs beabsichtigte, zugleich mit der Uebersetzung zum Abdruck kommt, so muß ich mich hier darauf beschränken, einzelne und zwar die wichtigsten Stellen, theils zur Vergleichung mit der Uebersetzung, theils als Stilproben, mitzutheilen.

Die Einleitung lautet:

. . . . 1)

לשלוח אנשים נאמנים מקהלם לנצור ארחות משפט ולהמתיק עצתו עמדם , והקהלות
יצ״ו עשו כאשר צוה ומדם שלחו לשר הרב הנזבר לקיים ולקבל עליהם את כל
אשר יצוה ויסדר , ומדם שלחו מורשים נאמנים בעדם ונדיבי עמים נאספו עם אלהי
אברהם בחצר אדונינו המלך י״א בכתא ואלדוליד (2) ובעשור אחרון (?) לחדש
אייר מהשנה הנזכרת למעלה משנת מאה ותשעים ושתים לפרט היצירה
[במתא ואלדוליד הנזכרת) (3 אנו עדים החתומים למטה היינו מצויים בבית הכנסת
הגדולה אשר במגרש היהודים (4) של הקהל הקדוש קהל ואלדוליד יצ״ו
שר הנכבד דון אברהם שצ״ו רב cuando se juntaron en vezes el
de la Corte del dicho Senior Rey ‏י״א‎, y ciertos תלמידי חכמים
que venieron de ciertos קהלות ‏יצ״ו‎, y hombres buenos

1) יש כאן חסרון בכ״י איז׳ שורות

2) העיר הזאת כתובה גם „בלדוליד", „בלדאליד", „בלײדוליד"

3) נראה שתיבות [במתא ואלדוליד הנזכרת] למותר .

4) מגרש היהודים = juderia בל׳ ספרד .

5) שצ״ו = שמרו צרו וגואלו אינו ־ נמצא ב״א בספרי הספרדים והערביים יין
צונץ , ציר געשיכטע 310 .

daß sie beglaubigte Männer aus ihren Gemeinden senden, „um zu bewahren die Pfade des Rechts,"[1]) und Rath mit ihnen zu pflegen. Die Gemeinden thaten wie der Hofrabbiner Don Abraham befohlen; einige von ihnen schickten dem erwähnten Hofrabbiner die Zusicherung, daß sie treulich halten und auf sich nehmen wollten, was er befehlen und anordnen werde, andere entsendeten eigens von ihnen Bevollmächtigte, und so versammelten sich „die Edlen der Gemeinden, das Volk des Gottes Abraham's,"[2]) am Hofe unseres Herrn Königs in der Stadt Valladolid gegen Ende des Monats Ijar des Jahres 5192 nach Erschaffung der Welt (Mai 1432). Wir unterzeichnete Zeugen waren zugegen, als sich in der im Judenviertel der heiligen Gemeinde Valladolid gelegenen Hauptsynagoge versammelten unter dem Vorsitze des geehrten D. Abraham, des Hofrabbiners des genannten Herrn Königs, eine Anzahl Gelehrte, welche aus verschiedenen Gemeinden gekommen waren, angesehene Männer, Delegirte kraft besonderer Vollmachten, ausgestellt von verschiedenen Gemeinden des Reichs des genannten Herrn Königs, für Jedweden von seiner Gemeinde, Vollmachten, welche sie uns Unterzeichneten vorwiesen. Auch waren noch einige andere angesehene Männer, welche zu dem Hofe unseres Herrn

בכח מורשים de ciertas הרשאות que ante nos חתומי למטה presen-
taron de algunos קהלות יצ"ו del מלכות del dicho Senior Rey
י"א כל אהד ואהד מהם מבני קהלו, y estando presentes algunos hombres buenos que andren בחצר אדוננו המלך י"א, y ficieron מעמרות
entre ellos sobre razon de una תקנה, que fue acordado entre
ellos que se ficiese על ענינים ידועים, y otras cosas que son
עבודת ה' בוראינו וכבוד התורה הקדושה ועבודת המלך י"א והצלחת הקהלות יצ"ו
ותועלתם הסכמה בהסכמת כולם בלי שום מערער הסכימו עליה dicha
ביום ראש חדש סיון מהשנה הנזכרת מאה ותשעים y fue acabada de ordenar
se segue adelante הסכמה de la cual dicha ושתים לפרט היצירה
תיכף חתימותינו ולראיה חתמנו עליו .

יצחק הכהן בר יוסף הכהן נ"ע קרשפין
ברוך בן אברהם ס"ט ן' סהל

1) Spr. Sal. 2, 8.
2) Psalm, 47, 10.

Königs Zutritt haben,[1] zugegen. Alle diese entwarfen Statuten als Grundlage einer Gemeindeordnung, welche sich erstreckte auf bestimmte Verhältnisse und andere Angelegenheiten, wie Gottesdienst, Verherrlichung der heiligen Gotteslehre, Staats=steuer und die Wohlfahrt und das Gedeihen der Gemeinden. Diese Statuten wurden von ihnen gemeinschaftlich berathen und einstimmig, ohne irgend welche Widerrede angenommen. Die Berathungen wurden zu Ende geführt am Neumondstage des Monats Siwan in dem erwähnten Jahre 5192, und folgt die genannte Haskama unmittelbar nach unserer Unterschrift, welche wir zur Bekräftigung hinzufügen.

Isaak Ha=Cohen, Sohn des sel. Joseph Ha=Cohen Crispin[2].
Baruch, Sohn des Abraham Ibn Sahal.[3]

Folgendes ist der Inhalt des Statuts.

In allen früheren Zeiten wurden in den heiligen Ge=meinden unseres Herrn Königs, dessen Glanz steige und dessen

---

1) Zu den Personen, welche damals Zutritt zu dem Hofe des Königs hatten, gehörten Don Joseph Nassi und R. Samuel Ibn Schoschan. (Vgl. Schevet Jehuda, ed. Wiener 25, 121.)

2) Die Familie Crispin (קרשפין), wohl richtiger Crespin, was im Altspanischen eine Art weiblichen Schmuckes (sorte d'ornement de femme) bedeutet, reicht bis ins 13. Jahrhundert hinauf, wenn sie überhaupt mit der Familie Crisp (קרשפ bei Sal. ben Abereth, RGA. II. 290, R. Ascher, RGA. 167, 72, 1. 78, 1. (vgl. Zunz, zur Ge=schichte und Literatur, 424) קרישפ (bei Perles, Salomo ben Abraham b. Abereth, 66, Note 39 [wo Zunz zu nennen war] ist gewiß Druck=fehler) identisch ist, wofür übrigens die Aehnlichkeit der Familien=namen spricht. Isaak ben Joseph Ibn Crispin: ‏רד היה‎ ‏... השר הגדול ר' יצחק ן' קרשפין בעל ספר המוסר‎ (Dukes, Ginse Oxford, 49, Tachkemoni [ed. Amsterdam], 8) starb 1302 in Toledo (Luzzatto, Abne Sikkaron, No. 68, Zunz, a. a. O. 408.

3) Auch die Ibn Sahal sind eine alte spanische Familie; ein ‏אברהם בן סהל‎ wird Cod. München 233 genannt.

Herrschaft sich erhebe, gewisse allgemeine Einrichtungen getroffen, [1] welche allen Gemeinden des castilianischen Reiches als Richt= schnur dienten; auch haben die früheren Könige den Vorstehern und Vertretern der Gemeinden die Erlaubniß ertheilt, das Nöthige anzuordnen und zu verfügen; sie wählten angemessene Pfade, in denen alle Glieder der Gemeinden wandeln sollten, nur dadurch war der Gotteslehre ihre Basis und jeder Ge= meinde ihr Bestehen gesichert. Seit einiger Zeit aber wurde aus gewissen Gründen und Hindernissen keine derartige Ein= richtung getroffen, nach denen die Gemeinden sich richten konnten, wodurch ihnen leider! viele Nachtheile erwuchsen und Unordnung in dem Gemeindewesen entstand, deshalb treffen wir, die Un= terzeichneten, kraft der von unserm Herrn Könige dem geehrten Rabbiner Don Abraham und kraft der von unseren Weisen s. A. uns eingeräumten Erlaubniß und kraft der von den Ge= meinden selbst uns ertheilten Vollmacht folgende Einrichtung und Haskama, welche in folgende fünf Pforten getheilt ist.

Erste Pforte.

Ueber das Studium der Gotteslehre.

„Dieses ist die Pforte zum Ewigen, Gerechte treten da ein." [2]
Der Anfang unserer Werke und das Beginnen unserer Einrichtungen ist, daß wir diejenigen stützen, welche sich mit unserer heiligen Lehre beschäftigen, denn die Gotteslehre ist die

1) Eine Sammlung aller früheren Gemeinde = Statuten (תקנות) würde von einem unberechenbaren culturhistorischen Werthe sein. In den Rechtsgutachten ist häufig von den תקנות וסכמות הקהלות die Rede (Samuel de Avila erwähnt in seinem כתר תורה (Amsterdam 1725) S. 9 ein ספר התקנות), auch hatten die meisten Gemeinden Spanien's ihre besonderen Statuten, welche zuweilen mit königlicher Bewilligung oder Bestätigung entworfen waren (Isaak ben Schefchet, RGA. 272, 192, 304, Ben Leb, RGA. II. 24, I. 44 u. a.
2) Psalm 118, 20.

Stütze der Welt, wie unsere Weisen f. A. den Ausspruch thaten: „Auf drei Dingen steht die Welt: auf der Gotteslehre, auf dem Gottesdienste und auf der Uebung von Liebeswerken." Da wir nun wahrnehmen, daß die Hände der Gesetzeskundigen an den meisten Orten erschlaffen und sie sich nur kümmerlich ernähren, so daß aus diesem Grunde die Talmudjünger sich vermindern und auch die Schüler in den Schulen abnehmen, weil das Vermögen der Eltern nicht hinreicht, den Lehrern den Sold zu geben, die Gotteslehre in Israel somit in Vergessen= heit zu kommen droht: so treffen wir, um den frühern Glanz wieder herzustellen, damit Gesetzeskundige wieder gefunden werden und die Jünger in den Gemeinden sich wieder mehren, die Einrichtung,

daß in allen Gemeinden des ganzen Königreichs beider Castilien die Glieder jeglicher Gemeinde verpflichtet seien, an= zuordnen und unter sich freiwillige Gaben aufzubringen, welche zur Hebung des Unterrichtes zu verwenden sind, und zwar in folgender Weise:

von jedem großen Stück Vieh, das unter ihnen und für sie ‏כשר‎ geschlachtet wird, zahlen sie zu Gunsten der Talmud= Thora 5 Maravedis, von jedem Kalb und jeder Färse, welche ein Gewicht von 100 Pfund oder 25 Arrelbes haben, 2 Maravedis, von jedem kleinern Stück Vieh als Hammel, Schaf, Bock oder Ziege, 1 Maravedi, von einer Ziege oder einem Lamme, das weniger als 16 Pfund wiegt, 1 Coronado, und wenn es 16 Pfund und darüber wiegt, 5 Dineros, von jedem Krug (16 Litres) Wein bis zu fünf Krügen, der im Einzelnen verkauft wird, werden von jedem Kruge zu Gunsten der Talmud=Thora 3 Dineros gezahlt.

In Betreff von Wein und Fleisch anordnen wir, daß dieselben je nach dem betreffenden Preise besteuert werden; was von Wein in größeren Quantitäten als die erwähnten fünf Krüge an Private oder an jüdische Detaillisten im Ganzen verkauft wird, davon zahlen die Käufer an die genannte Talmud=

Thora zwei Dineros. Ferner: von Wein, an Christen ver=
kauft, wird der Talmud=Thora von jedem Kruge ein halber
Dinero entrichtet. Jeder, der Hochzeit macht, zahlt in der Hochzeits=
woche 10 Maravedis, ebenso viel ist von jeder Beschneidung
zu entrichten, sobald das Kind das Alter von dreißig Tagen
erreicht hat. Stirbt ein Gemeindemitglied, ob männlich oder
weiblich, im Alter von zehn Jahren und darüber, so sind die
betreffenden Erben verpflichtet, ein Kleidungsstück der verstorbenen
Person oder 10 Maravedis an die Talmud=Thora zu geben. In
allen diesen Fällen ist der Wohlthätigkeit keine Schranke gesetzt.
Es ist selbstverständlich, daß diese Steuern in der zur Zeit
üblichen und gangbaren Landesmünze gezahlt werden müssen.
Diejenigen, welche Armenunterstützung genießen oder derselben
würdig sind, bleiben in den letzterwähnten Fällen als Heirath,
Beschneidung und Tod nach Ermessen der zur Zeit bestellten
Verwalter der Talmud=Thora von dieser Steuerzahlung ausge=
nommen.

Ferner ordnen wir an, daß jede Gemeinde des König=
reichs gehalten sei, sich auf öffentliche Bekanntmachung ihrem
Brauche zufolge zehn Tage vor Ablauf der Steuerpacht von Wein
und Fleisch an dem Wohnorte des Pächters zu versammeln; die
Mitglieder dürfen denselben nicht früher verlassen, bis sie die
Steuern wieder neuerdings verpachtet oder einen oder mehrere
Vertrauensmänner gewählt haben, zu deren Handen die Steuern
gelangen, damit sie von ihnen treulich verwaltet werden, bis
ein neuer Pächter gewählt ist.

Jede Gemeinde ist verhalten, jedes Jahr zwei Schatz=
meister für die Talmud=Thora zu wählen, damit durch sie alles
das geschehe, was der Hofrabbiner in Bezug auf Talmud=
Thora anordnen und befehlen wird. An denjenigen Orten,
welche keine Steuern von Fleisch und Wein beziehen, sollen sie
sich innerhalb dreißig Tagen von der Publication dieser Be=
stimmung angerechnet auf öffentliche Bekanntmachung versammeln

und die Einrichtung genannter Talmud=Thora nach obiger An=
ordnung treffen.

Ferner ordnen wir an, daß in den Orten, welche keine
Gemeinde von zehn Familien bilden und keine Steuer erheben,
diese dennoch die genannte Talmud=Thora gleich allen übrigen
Gemeinden in erwähnter Weise unter sich einführen. Die
betreffenden Familien müssen, so lange dieses Statut in Kraft
bleibt, am Ende eines jeden Jahres das Einkommen dem
Schatzmeister derjenigen Gemeinde behändigen, mit welcher sie
die bezügliche Uebereinkunft getroffen und die Steuern zusam=
men zahlen. Diejenigen Ortschaften, welche zehn und mehr
Familien zählen, sind verpflichtet, obgleich sie mit einer andern
Gemeinde steuern, unter sich einen Schatzmeister zu bestellen, zu
Handen dessen die betreffenden Beiträge der Talmud=Thora
gelangen und bei ihm bleiben, bis der Hofrabbiner dieselben
abfordern läßt.

Ferner ordnen wir an, daß weder irgend eine Gemeinde,
noch irgend eine Privatperson die Befugniß hat, weder den
ganzen Bestand der Talmud=Thora=Casse, noch einen Theil der=
selben zu irgend einem allgemeinen oder besondern Zwecke zu
verwenden oder als Darlehn zu geben; die ganze Summe soll
vielmehr wol aufbewahrt sein und zur Verfügung stehen und
dem Auftrage und Befehle des Hofrabbiners gemäß damit ver=
fahren werden. In denjenigen Ortschaften, welche Gelehrte,
angestellte Talmudlehrer, haben, und von sich aus einen Talmid
Chacham besolden können, und welche den Unterhalt für die
Talmudjünger aus der Talmud=Thora=Casse beziehen, soll der
etwaige Ueberschuß aufbewahrt werden, um ihn, wie bereits be=
merkt, nach der Bestimmung des genannten Hofrabbiners zu
verwenden.

Ferner ordnen wir an, daß es dem Hofrabbiner frei
steht, nach seiner Einsicht und seinem Gutdünken dahin zu ver=
fügen, daß an Orten, welche einen angestellten Talmid=Chacham
haben, diesem sein Gehalt nicht aus der Talmud=Thora=Casse,

ſondern in anderer Weiſe, nämlich aus den Einkünften der Steuern auf Fleiſch und Wein, aus der Einnahme des הקדש, aus den Miethzinſen der Gemeindegebäude u. dgl. gezahlt werde.

Ferner ordnen wir an, daß jegliche Gemeinde von fünf= zehn Familien verpflichtet ſei, ſich einen tüchtigen Jugendlehrer zu halten, welcher die Kinder in der heiligen Schrift unter= richte, und daß ſie ihm nach dem von ihr eingegangenen Ver= trage außer Koſt und Kleidung entſprechendes Gehalt gebe. Die Väter derjenigen Kinder, welche den Unterricht des Lehrers genießen, ſind verpflichtet, an dem Unterhalte des Lehrers je nach ihrem Vermögen zu zahlen; ſollte aber der Lehrer mit dem was die Väter der zu unterrichtenden Kinder zahlen, ſein Auskommen nicht finden, ſo iſt die Gemeinde verpflichtet, ihn mit Rückſichtnahme auf ſeine Stellung, der Zeit und dem Orte angemeſſen zu entſchädigen. [1])

Wo vierzig Familien und mehr wohnen, iſt die Gemeinde verpflichtet, alles Mögliche aufzubieten, um einen Talmudlehrer anzuſtellen, der Talmud, Halacha und Hagada, vortrage, ihn an= gemeſſen zu erhalten, ihm ſein Gehalt aus ihren Einkünften von Steuern auf Fleiſch und Wein, aus der Einnahme des הקדש oder aus der Talmud = Thora = Caſſe zu zahlen, damit er nicht in die Nothwendigkeit verſetzt werde, ſich ſeinen Unterhalt zu erbetteln, oder bei einzelnen Reichen der Gemeinde demü= thig darum zu bitten, auch daß er ſie in allen Angelegenheiten, welche zum Dienſte des Weltenſchöpfers gehören, leiten und zu=

---

1) Otrosi ordenamos que cualquiere קהל יצ״ו de quince בעלי בתים sean מחוייבים, de tener entre si מלמד תינוקות הגון que veze sus fijos פסוק, y que le den mantenimiento razonable segum la compañia que tuviere de dar, de comer, y vestir, y sean מחוייבים los padres de los fijos que pusieren sus fijos con el dicho מלמד, de pagar cada uno al מלמד segum su haber, y si non abundare el מלמד pora su mantenimiento lo que los padres de los fijos [paguen], sean מחוייבים el קהל יצ״ו de cumplir al מלמד pora su mantenimiento segum su menester, y segum el tiempo y lugar·

rechtweisen könne. Falls die Gemeinde sich mit dem Talmud=
lehrer hinsichtlich des Gehaltes nicht einigen kann, ist sie ver=
pflichtet, ihm die Einnahme der Talmud=Thora des Ortes zu
überweisen und je nach Gutfinden des Hofrabbiners nöthigen=
falls das Fehlende zuzuschießen.

Ferner ordnen wir an, daß jeder Talmid=Chacham eine
geordnete Hochschule (ישׁיבה) einrichte, um mit Jedem auf Ver=
langen Halacha zu „lernen,“ daß er den Schülern Halacha=Vor=
träge halte und verpflichtet sei, mit Jedem in der bei den
Talmudgelehrten üblichen Stunde freiwillig zu „lernen,“ daß
„größer und herrlicher die Lehre er mache.“ ¹)

Ferner, weil, nach Mitgabe des Gesetzes, der Jugend=
lehrer nicht mehr als fünf und zwanzig Kinder unterrichten
kann, er habe denn einen Helfer ²), welcher ihn beim Unter=
richte unterstütze, darum ordnen wir an, daß kein Lehrer mehr
als fünf und zwanzig Kinder zum Unterricht in der Bibel
haben soll; hat er einen Helfer, der ihn nach Vorschrift des
Talmuds unterstützt, so kann er bis vierzig Kinder unterrichten;
wenn in der Gemeinde fünfzig schulpflichtige Kinder sich be=
finden, so ist dieselbe verpflichtet, zwei Lehrer anzustellen, und
in dieser Weise ist zu verfahren, wenn mehr als vierzig Kinder
vorhanden sind. ³)

Ferner, weil das Gebet ein wesentlicher Theil des
Gottesdienstes und es uns traditionell als Gesetz überkommen
ist, indem unsere Weisen s. A. das Schriftwort: „Ihr sollt
Gott dienen mit eurem ganzen Herzen“ ⁴) dahin deuten, daß
unter dem Dienste im Herzen das Gebet verstanden ist ⁵), und
nach dem Ausspruche unserer Weisen das gemeinsame Gebet

---

1) Jesaias, 42, 21.
2) ריש דוכנא que le ayude ללמדם, vgl. B. Bathra 21 a.
3) Vgl. Maimuni, ה' תלמוד תורה, Cap. 2, §. 5; Jore Dea, Cap.
245, §. 15.
4) 5. B. Moses 11, 13.
5) B. Taanith 2 a.

eher Erhörung findet [1]), außerdem auch gewisse Gebete wie
קדיש וקדושה nur bei dem öffentlichen Gottesdienste verrichtet
werden können [2]), so daß R. Gamaliel Ha-Naßi, um die zum
öffentlichen Gottesdienste nöthigen zehn Personen zu erlangen,
seinem Knechte die Freiheit gab, trotzdem das Gesetz es ver=
bietet [3]), und weil es ferner einzelne Orte giebt, in denen sich
freilich zehn erwachsene Mannspersonen befinden, diese sich aber
nicht zum öffentlichen Gottesdienste versammeln, so ordnen wir
an, daß in jedem Orte, wo zehn Familien und darüber woh=
nen, sie sich ein bestimmtes Betlokal oder zur Abhaltung des
Gottesdienstes ein Haus miethen, so daß sie den Gottesdienst auch
nicht einen einzigen Tag aussetzen [4]), und ordnen ferner an,
daß an Orten, wo zwanzig Familien und darüber wohnen, sie
unter sich Strafen festsetzen, in die Jeder verfällt, der, Noth=
fälle ausgenommen, sich nicht Abends und Morgens zum ge=
meinschaftlichen Gebete einfindet. [5])

Ferner ordnen wir an, daß im Bethause, welches ein
„Heiligthum im Kleinen“ genannt wird, Niemand seine Hand
gegen seinen Nächsten erhebe, und jeder Israelit sich wol hüte,
daß „sein Herz sich erhebe“, seinen Nächsten im Bethause zu
schlagen, darum ordnen wir an, daß wenn irgend ein Jude
einen andern im Bethause oder im Betlokale schlägt, sei es
in's Gesicht, oder ihm eine Ohrfeige gibt, oder ihm Haare aus
dem Kopfe oder dem Barte reißt, oder eine Waffe nimmt, um
Jemanden damit im Bethause zu schlagen, oder ihn blos auf
die Hand schlägt, er jedes Mal in eine Strafe von zwei hun=

1) B. Berachoth 6a, Maimuni, ה׳ תפלה, Anfang.
2) B. Megilla 34a.
3) Gittin 38b: ר׳ גמליאל הנשיא שחרר עבדו להשלים מנין עשרה .
Berachoth 47b: מעשה בר׳ אליעזר שנכנס לבה״כ ולא מצא עשרה ושחרר
עבדו והשלימו לעשרה .
4) Maimuni, l. c. Cap. 11. §. 1.
5) Vgl. R. Isaak ben Scheschet RGA. 518: ושימו קנס ביניכם
מפשיט או עני פשוטים למי שלא יהיה בכל יום בבית הכנסת .

bert Maravedis verfällt, wovon die eine Hälfte in die Talmud=
Thora=Casse, die andere Hälfte in die Ortsarmen=Casse fließt,
falls nicht die Richter der Gemeinde anderweitig darüber be=
stimmen; schlägt er aber mit einem Messer oder einer andern
tödtlichen Waffe, so verfällt er wegen Entweihung des Gottes=
hauses jedes Mal in eine Strafe von drei hundert Maravedis,
welche in oben bemerkter Weise vertheilt werden. [1]

Zweite Pforte.

Ueber die Wahl der Richter und der übrigen Angestellten.

Da in Folge unserer vielen Vergehen und unserer
schweren Sünden die Gelehrten sich vermindert und die Män=
ner der Lehre und Treue, die würdig sind, in göttlichen Dingen
Recht zu sprechen, abgenommen haben, so daß es nur wenige
Gemeinden im Königreiche gibt, in denen ein aus drei würdi=
gen und fähigen Männern zusammengesetztes Gericht sich befindet,
das nach mosaisch = talmudischem Rechte Urtheile fällt, da ferner,
wenn nicht jede Gemeinde bestellte Richter hätte, welche die
Prozesse und Klagen schlichten und die Vergehen mit Strafen

1) Otrosi ordenamos que porque נזהרים en el בית הכנסת
que es נזהר, קרוי מקדש מעט שלא ירום איש את ידו על חבירו y sea
porende or- כל אחד מבני ישראל לבלתי רום לבבו להכות ולזלזל שם חבירו:
denamos que si algun Judio feriere á su חבר או en בית הכנסת
quier en el rostro con puñada, במקום קבוע להתפלל שם במנין עשרה
ó bofetada, ó le mesare de los cabellos de la cabeza, ó de la
barba, ó sacare arma pora lo ferir con ella en el dicho
בית הכנסת, ó le feriere en la mano sin su cuerpo, que pague por
cada vegada docientos maravedis, la miedad (mitad) dellos
ó pora quien לצדקה לעניי העיר y la otra mitad לנדבת תלמוד תורה,
mandaren los דיינים del קהל יצ״ו, y si lo feriere con cuchillo, ó
fiera, ó דבר אחר שיש בו כדי להמית, que pague por cada vez de
pena trecientos maravedis repartidos en la manera que dicha
es; esto se entienda por el זלזול del בית הכנסת לבד

belegen, „einer den Andern lebendig verschlingen und die Lehre übertreten und das Gesetz überschritten und der ewige Bund zerstört würde" [1] — „beruht doch auf drei Dingen die Welt: auf dem Recht, auf der Wahrheit und auf dem Frieden" [2], und an Orten, wo die Lehre der Wahrheit fehlt, da ist auch kein Frieden, da sind nicht die Wege der Anmuth und die Pfade des Friedens —,

darum anordnen und beschließen wir, daß in jeglicher Gemeinde Richter gewählt werden sollen, welche die Prozesse der Gemeindeglieder schlichten. Die Gemeinden sind ange= wiesen, die würdigsten und tüchtigsten, die sie haben können und die an dem Orte sich finden, zu wählen, denn vielfach warnt unsere heilige Lehre in dieser Hinsicht: „Das Gericht ist Gottes Sache" [3] und „nicht den Menschen richten sie, sondern den Herrn [4], denn „Er ist im Urtheile mit ihnen verbunden." [5] Ferner heißt es in der Schrift: „Lasset kein Ansehen der Person im Gerichte gelten" [6], d. i. eine Warnung, keinen un= würdigen und untauglichen Richter anzustellen. In diesem Sinne deuten auch unsere Weisen s. A. die Verbindung der neben einander stehenden Verse in der Perikope Schoftim: „Du sollst Dir keinen Hain pflanzen" und „nach strenger Gerechtig= keit sollst Du streben", d. h. man soll einen würdigen Gerichts= hof aufsuchen [7],

darum bestimmen wir, daß diejenigen Gemeinden, welche zur Zeit, daß dieses Statut wird zur Kenntniß gebracht wer=

<hr>

1) Jesaias 24, 5.
2) Aboth 1, 18.
3) 5 B. Mos. 1, 17.
4) 2. B. d. Chron. 19, 6.
5) B. Sabbath 10 a.
6, 5. B. Mos. 1, 17.
7) Sanhedrin 7a, 32 b; Maimuni, סנהדרין ה', Cap. 3, §. 8, vgl. auch Kolon, RGA. 117.

ben, keine Richter (Dajanim) haben, gehalten seien, sich inner=
halb zehn Tagen von der Publication dieses Statuts angerech=
net, auf öffentliche Bekanntmachung ihrem Brauche zufolge
in üblicher Weise zu versammeln, diejenigen Gemeinden aber,
welche zur Zeit bereits Richter haben, sollen sich zehn Tage
vor Ablauf der Amtsdauer derselben versammeln, um andere
Richter für das kommende Jahr zu wählen, und nach dieser
Regel soll fernerhin jedes Jahr, so lange dies Statut in Kraft
ist, verfahren werden. Jegliche Gemeinde soll auch alsbald
unter schwerem Bann androhen, daß alle Personen, welche die
in Rede stehenden Richter zu wählen haben, in lauterster Ab=
sicht ohne welche List und Trug und ohne für irgend Jemand
Partei zu ergreifen die Wahl vornehmen, und daß Jeder die
seiner Ansicht nach würdigsten und geeignetsten Männer, welche
sich in seiner Gemeinde finden, für das genannte Amt sowohl,
als auch hinsichtlich aller anderen Beamtungen, wie Revisoren,
Schatzmeister, Vorsteher und andere Gemeindeangestellte wähle.
Sobald der Bann angedroht ist, soll zur Wahl geschritten werden.
Einigt sich die Gemeinde in der betreffenden Wahl, „o wie schön
und wie lieblich!“ einigt sie sich aber nicht, so setzt sie die Wahl
an drei aufeinander folgenden Tagen fort und darf alsdann
Niemand außer zum Essen und zu nothwendigen Bedürfnissen
das Wahllokal verlassen. Kommt in diesen drei Tagen die
Wahl nicht zu Stande, so ist die Gemeinde gehalten, acht Tage,
Tag und Nacht, in dem Wahllokale zu verbleiben, ohne daß
Jemand sich entferne, es sei denn, wie bereits erwähnt, zum
Essen oder zu nothwendigen Bedürfnissen. Kommt die Wahl
auch in dieser Frist nicht zu Stande, so muß es die Gemeinde
innerhalb der nächsten dreißig Tage dem Hofrabbiner zu wissen
thun, damit er von sich aus die Wahl und Ernennung vor=
nehme. In diesem Falle liegt der Gemeinde und deren
Richtern die Pflicht ob, den ihnen von dem Hofrabbiner in
dieser Richtung gewordenen Auftrag, hinsichtlich der Wahl
der Richter und der übrigen Angestellten nach Vorschrift aus=

zuführen. Jeder, auf den eine Wahl in seiner Gemeinde fällt, ist gehalten, das Amt ein Jahr zu verwalten.

Ferner ordnen wir an, daß keiner der besagten Beamten von sich aus einen andern Richter (Dajan), oder sonst einen Beamten ohne Zustimmung der Gemeinde oder deren Mehrheit in irgend einer Weise anstellen kann. Jede Wahl, welche in einer andern als der hier bezeichneten Weise getroffen wurde, ist ungültig, der etwa Gewählte darf sein Amt nicht bekleiden.

Ferner ordnen wir an, daß die Richter, welche gewählt sind oder gewählt werden, richterliche Gewalt haben, und so lange dieses Statut in Kraft ist, in jeder Gemeinde alle Pro=zesse, Klagen und Streitigkeiten, welche unter den Israeliten vorfallen, nach mosaisch=talmudischem Rechte schlichten; sie können die Gesetzübertreter auf den Ausspruch eines Talmid Chacham und dreier würdiger rechts= und gesetzeskundiger Vertreter der Gemeinde mit Strafen belegen, dabei haben sie jedoch auf das Privilegium Rücksicht zu nehmen, welches unser Herr, der König, dem genannten Hofrabbiner Don Abraham in Gnaden ertheilt hat. Auch bleibt es Jedem, der sich über ein gegen ihn gefälltes Urtheil beschwert, unbenommen, Appellation zu ergreifen und an den genannten Hofrabbiner zu appelliren, dieser wird sodann die Vorkehrungen treffen, welche weiter näher angeführt.[1]

Ferner ordnen wir an, daß die Dajanim irgend einer Gemeinde nicht untereinander verwandt sein dürfen.[2]

[1] ... todavia guardando la regla y privilegio de la merced que nuestro Senior el Rey י"א fizo al dicho רב דון אברהם י'א en la dicha razon, y todavia finque á salvo á cualquiere que se agraviado de cualquiere דיין que fuere dado contra el, y pidiere apelacion ó apelar ante el dicho רב י א que gela otorgen faciendo las diligencias que adelante en esta razon seran declarados.

[2] Chosch. Mischp. Cap. 7, §. 9.

Ferner ordnen wir an, daß die Richter (Dajanim) einen Ort bestimmen, an welchem sie die Prozesse der Gemeinde an drei Tagen in jeder Woche schlichten und dabei alle auf die Richter Bezug habenden Vorschriften beachten, daß sie den Beklagten zwingen, vor ihnen zu erscheinen und dem Kläger Rede zu stehen. Die Parteien sind gehalten auf Vorladung der Richter unter den von diesen festzusetzenden Strafen zu erscheinen. Jeder der auf Vorladung des Gemeinde-Gerichts-Boten vor den Richtern oder einem derselben zur anberaumten Stunde nicht erscheint, verfällt das erste Mal in eine Ordnungsbuße von einem Gold-Maravedi, das zweite Mal von drei und das dritte Mal von zehn Gold-Maravedis, zu Gunsten der Armencasse außer der Strafe, welche die Richter ihm noch auferlegen werden. [1]

Ferner ordnen wir an, daß so ein Jude oder eine Jüdin mit einem der Richter, oder einer der Richter mit einem Gemeindemitgliede einen Prozeß haben wird, der Richter gehalten sei, dem Kläger vor einem andern Richter der Gemeinde Rede zu stehen. Findet sich in der betr. Gemeinde kein anderer Richter, so ist es Sache der Gemeinde, zur Schlichtung des obwaltenden Prozesses innerhalb drei Tagen, vom Tage des Begehrens angerechnet, einen Solchen kostenfrei zu stellen, und sind alle Parteien so wie jede einzelne derselben verpflichtet, dem Befehle des oder der bestellten Richter Folge zu leisten. In dieser Weise soll auch verfahren werden, wenn die Richter oder einer derselben zu einer der klagenden Parteien in einem verwandtschaftlichen, besonders freundschaftlichen oder besonders feindschaftlichen Verhältnisse stehen, und ist es keinem Richter gestattet, ein Urtheil in einem Prozesse zu fällen, bei dem er irgendwie, sei es durch Verwandtschaft u. dgl. betheiligt ist. [2]

1) Cf. ibid. Chosch. Mischp. Cap. 11, §. 1.
2) Cap. 7, §. 7.

Ferner ordnen wir an, daß bei allfälligen Klagen über Steuern und Abgaben kein Richter ermächtigt sei, kraft seines Richteramtes Einsicht in die Steuerlisten oder in die Distribution der directen Steuern und Abgaben der Gemeinde zu verlangen.

Ferner ordnen wir an, daß, wenn die Gemeinde sich nicht einigt, ihre Prozesse durch ihre Richter entscheiden zu lassen, und unter den Gemeindemitgliedern Streitigkeiten obwalten, so daß sie eines andern Richters bedürfen und den Hofrabbiner um einen solchen angehen, der genannte Hofrabbiner, vorausgesetzt, daß die Mehrheit der Gemeinde nach Personen und Census [1]) es verlangt, und er selbst von der Dringlichkeit des Verlangens sowohl, als auch von dem aus einer etwaigen Weigerung erwachsenden Schaden überzeugt ist, für die Zeit, daß die Gemeinde es verlangt, einen gottesfürchtigen, uneigennützigen Mann zu wählen habe, welchen sie sodann als Richter anzuerkennen hat; für den Fall aber, daß die Mehrheit der Gemeinde das Begehren nicht stellt, hat der Hofrabbiner kein Recht, ihr gegen ihren Willen einen Richter zu wählen. Hinsichtlich der Appellation ist jeder Richter (Dajan) verpflichtet, die Berufung des Urtheils an den Hofrabbiner der verlangenden Partei auf bestimmte Frist zu bewilligen; jedoch hat Appellant für die erwachsenden Kosten Sicherheit zu stellen [2]) und einen Eid zu leisten, daß er die Berufung nicht zur eigenen Beschönigung anmelde, sondern weil er sich in dem Urtheile benachtheiligt glaubt.

In Erwägung, daß, wenn jede Partei ihre Anbringen dem Gerichtshofe nach Belieben schriftlich vorlegte, viel Ungehöriges geschrieben und auch die Gegenpartei injuriirt würde, woraus Schaden und Kosten und Zwistigkeiten erwachsen, und daß selbst kundige Verfasser von Rechtssachen (Anwälte) in

1) רוב ממון ורוב נפשות
2) Chosch. Mischp. Cap. 14, §. 1 und §. 4.
IV.

dieſer Hinſicht Schaden verurſachen können, darum ordnen wir an, daß Niemand ohne Erlaubniß der Ortsrichter ſein An= bringen dem Gerichte ſchriftlich vorlege,[1] und daß das in Rede ſtehende Schriftſtück in anſtändiger Form ohne Belei= bigung und Beſchimpfung irgend einer zu dem Prozeß in Be= ziehung ſtehenden Perſon abgefaßt und von dem Auftraggeber unterſchrieben ſei. Auch hat der Vorweiſer des Schriftſtückes durch einen Eid zu bekräftigen, daß die beſagte Unterſchrift auch in Wirklichkeit von der Hand des Auftraggebers ſei. Auf jedes in anderer Weiſe eingebrachte Schriftſtück hat der Richter keine Rückſicht zu nehmen.

Jeder Gemeindeſchreiber iſt verpflichtet, die Urkunde, welche Jemand gegen den Richter oder gegen irgend eine in dem vor dem Richter anhängig gemachten Prozeſſe nicht ver= wickelte Perſon zu erheben beabſichtigt, innerhalb drei Tagen, von dem Tage des Begehrens angerechnet, auszuſtellen und auszuhändigen, inſofern die Gegenpartei nicht opponirt. Gibt letztere in beſagter Friſt keine Antwort, ſo wird die Urkunde ohne Widerrede mit der Bemerkung ausgehändigt, daß die Ge= genpartei nicht opponirt habe, und der Kläger ſomit genöthigt ſei, den Richter oder die Partei, gegen die er die beſagte Urkunde erhoben, zugleich mit einem andern Zeugen zu requi= riren. Händigt der Gemeindeſchreiber die Urkunde aus, ohne obige Vorſchrift zu beachten, ſo verfällt er jedes Mal in eine Strafe von zwanzig Maravedis.

Ferner ordnen wir an, daß kein Richter einen Juden oder eine Jüdin gefänglich einziehen laſſe außer mit ſchriftlichem von ihm und von Zeugen unterzeichneten Verhaft=Befehl, auch iſt er verpflichtet den Grund der Haft anzugeben, wenn die= ſelbe nicht wegen Verrath oder Angeberei oder wegen Capital= verbrechen geſchieht.

---

1) Choſch. Miſchp. Cap. 13, §. 3.

Ferner ordnen wir an, daß jede Person, welche von dem Hofrabbiner einen Act empfängt und diesen nicht innerhalb fünfzig Tagen der Gegenpartei vor Zeugen oder vor der Thür seiner Wohnung in Gegenwart eines erwachsenen Familienmitgliedes oder in der Synagoge während des Morgengottesdienstes vorzeigt, ihn nicht fernerhin vorzeigen, überhaupt nicht benutzen kann, indem derselbe sodann werthlos ist. [1]

Dritte Pforte.

Ueber Angebereien.

Da Dank dem Könige, unserm Herrn, den Gott behüten und lange Zeit in seiner Regierung erhalten möge, unsere Civil- und Criminalprozesse nach dem „Gesetze der Juden" (nach mosaisch-talmudischem Rechte) geschlichtet werden sollen, und da durch ein königliches Privilegium bestimmt ist, daß der geehrte Hofrabbiner Don Abraham und die von ihm bestellten Richter dieselben schlichten, woraus den Gemeinden viele Vortheile erwachsen, als da sind:

1) daß die Juden dadurch ihr Gesetz beobachten,

2) daß sie vielen Ausgaben und Nachtheilen entgehen, welche ihnen vor christlichen Tribunalen erwachsen,

3) daß, wenn auch die christlichen Richter als nicht weniger große Gelehrte und Rechtskundige gelten, sie doch in unseren Rechten und Gesetzen nicht so bewandert sind, daß sie einen bestimmten Entscheid treffen können,

[1] Otrosi ordenamos que cualquiere persona que ganare carta del רב de la Corte י"א, y non la mostrare יום חמשים בתוך ante la parte con הגדולים ביתו מבני אחד בפני דירתו בית פתח בפני או עדים non la pueda mostrar או בבית הכנסת בתפלת השחר במעמד המתפללים שם, dende en adelante nin se pueda aprovechar della nin vala la tal carta.

4) daß aus erwähnter Ursache sie sowohl die Richter
und Alcalden als auch die höheren Behörden be=
lästigen,

da es ferner zu allen Zeiten in den Gemeinden Casti=
lien's Gesetze und Bestimmungen nach dieser Richtung gab, und
da schließlich auch der genannte Herr König durch das erwähnte
Privilegium den Gerichtshöfen und deren Gliedern den Befehl
ertheilte, daß sie sich in die Prozesse, welche zwischen Juden,
oder zwischen Juden und Christen obwalten, nicht mischen,
wie in dem mehrerwähnten Privilegium ausführlich enthal=
ten ist[1]),

darum ordnen wir an', daß kein Jude oder Jüdin die
Gegenpartei oder irgend einen andern Juden oder Jüdin vor
irgend einen Alcalden, oder irgend einen andern geistlichen oder
weltlichen Richter, der nicht unseres Glaubens ist, citire —
obgleich auch der christliche Richter ihn nach jüdischem Rechte

---

1)   השער השלישי

בענין המסירות.

Por cuanto merced del dicho Senior Rey י"א יאריך ימים על
ממלכתו que nuestros pleitos asi civiles como criminales sean
librados por las leyes de los Judios, y mando por su carta de
privilegio que el נכבד רב דון אברהם י"א los judge, y los juezes que
el pusiere por se, de lo cual se seguen á las קהלות יצ"ו muchas
תועלות, lo primero que los Judios guarden su ley en esto, lo
segundo que se quitaran de muchas costas, y daños, que les
recrescen andando בערכאות של גוים, lo tercero, por cuanto los
juezes son aunque grandes. חכמים, y hombres de justicia, non
han usado en nuestros derechos, y leyes, pora que sea bien
certificados en ellos; lo cuarto que por la dicha סבה enojan asi
los seniores como á los juezes, y alcaldes, y en todos los tiempos hube ordenanzas והסכמות en la dicha razon en los קהלות de
Castilla יצ"ו, otro por cuanto el dicho Senior Rey י"א mando
por el dicho privilegio á las sus justicias, y oidores, que non
asi entremetan en los pleitos que entre los Judios, ó los Judios
con otros hubieren, segum que mejor y mas completamente en
el dicho privilegio se contiene ..

zu richten habe, — außer in Angelegenheiten von Zöllen, Steuern, Münzen, oder betreff anderer Rechte des genannten Herrn Königs oder unserer Königin, oder wegen Steuern, welche der Kirche oder der Herrschaft seines Wohnortes zufallen. Jeder, der diese Anordnung übertritt, sei einem mit dem Banne Belegten gleich zu achten, jeder Verkehr werde mit ihm abgebrochen . . ., und er verfällt jedes Mal in eine Strafe von 1000 Maravedis zu Gunsten der Folge leistenden Person und desjenigen, den der Hofrabbiner bestimmen wird. [1]

Ferner, wenn irgend ein Jude oder eine Jüdin nicht Rede stehen will, oder ein, zwei und drei Mal vor die jüdischen Richter citirt war, um den Rechtsstreit erledigen zu lassen, ohne jedoch Folge zu leisten, so haben die Richter und der Ortsrabbiner der Gegenpartei die Erlaubniß zu ertheilen, den Prozeß vor das christliche Tribunal zu ziehen. [2]

Ferner, weil die Angebereien, gegen welche zu allen Zeiten Schranken gezogen wurden und welche unserm Gesetze gemäß bis auf mehrere Generationen streng geahndet werden.., sich leider außerordentlich mehren, darum ordnen wir an, daß jeder Jude oder Jüdin, welche gegen einen andern Juden oder Jüdin Worte des Verraths oder der Angeberei in einer Weise

---

1) . . . . y cualquiere que fuere עובר על זה sea מוחרם ומנודה, y non sean עמו ונותנים נושאים, como con ולא יקבר דין בית פי על מוחרם נסך יין וויינו כותי פת פת: ויהיה ישראל בקברי, y peche en pecha cada vegada mil maravedis pora la parte obediente, y pora quien mandare el רב de la Corte יא״. Vgl. Maimuni, H. Synhedrin, Ende; Choschen Mischp. §. 26, Tit. 1. Schon frühere Synoden verhängten über Jeden den Bann, der seinen Glaubensgenossen vor ein christliches Tribunal laden ließ, m. s. Kol bo No. 117 u. a.

2) Pero, si algun Judio ó Judia fuere דינא ציית ולא אלם, ó fuere afrontado una, y dos, y tres vezes que paresca ישראל דייני לפני á cumplir דין, y non lo quisiere facer, que los דיינים, y el תלמיד que hubiere en el קהל יצ״י: le den licencia pora que lo pueda demandar בערכאות של גוים. Maimuni, l. c., Chosch. Mischp. §. 26, Tit. 2.

ausstoßen wird, daß der betreffenden Person daraus Schaden erwachsen kann, selbst wenn an dem Orte, wo die Angeberei angebracht wurde, sich kein Christ gegenwärtig befand, und selbst wenn der Glaubensgenosse dadurch nicht in Schaden geräth, für jedes Mal in eine Strafe von zehn Tagen Gefängniß und ein Hundert Maravedis verfällt, von dieser Strafsumme kommt die eine Hälfte der Armencasse, die andere Hälfte demjenigen zu gut, den die Richter bestimmen. Erwächst dem Glaubensgenossen durch die verrätherische Rede irgend ein Schaden, so hat der Verräther außer den Strafen auch noch die durch ihn verursachten Kosten zu tragen. Stößt Jemand verrätherische Worte in Gegenwart von Personen aus, welche nicht unseres Glaubens sind, so hat er zwei Hundert Maravedis zu zahlen und verfällt in eine Gefängnißstrafe von zwanzig Tagen. Erwächst den betreffenden Personen auch noch ein materieller Schaden, so hat er auch diesen zu tragen und bleibt zehn auf einander folgende Tage aus der Gemeinde ausgeschlossen. Trifft die Person eine Schädigung am Leib, so wird der Verräther, nach Gutfinden des Ortsrabbiners, körperlich gezüchtigt. [1])

Ferner, wenn irgend ein Jude einen Juden oder eine Jüdin verräth, so daß diese die persönliche Freiheit verlieren oder Schädigung am Leib erleiden, so sind, insofern die That mehr durch Wahrscheinlichkeitsgründe als durch Zeugen erwiesen ist, die Ortsrichter nach Gutfinden des Ortsrabbiners verhalten, ihn gefänglich einziehen und nach Gutfinden der Gelehrten als Warnung für ähnliche Fälle körperlich züchtigen zu lassen. Ist Jemand durch Einen Zeugen, durch Wahrschein=

1) Otrosi por cuanto והמסירות רבו הפריצים בעונותינו, en lo cual hube siempre גדרים sobrello, y segum nuestra ley המסירות נידונים לדורי דורות ומורידין ולא מעלין ובשעת מעשה נתן להציל את הנמסר בנפשו של המוסר ונהגו כל גלילות ישראל להרוג את המוסר שהוחזק למסור בכל מקום ובכל זמן ... M. s. Einleitung.

lichkeitsgründe ober burch Geständnisse des Verraths überführt,
so wird er nach dem Ausspruche des Gerichtshofes nnd der er=
wähnten Gelehrten als Verräther öffentlich gebrandmarkt.[1]) Ist
Jemand durch zwei glaubwürdige Zeugen des Verraths über=
führt, so erhält er das erste Mal ein Hundert Peitschenhiebe
und wird nach dem Ausspruche des Rabbiners, der Richter und
der Vertreter der Gemeinde aus seinem Wohnorte getrieben.
Ist Jemand durch zwei glaubwürdige Zeugen dreimal des Ver=
raths überführt, so hat ihn der Hofrabbiner nach mosaischem
Rechte durch das Organ der Gerechtigkeit des Herrn Königs
tödten zu lassen. Entzieht er sich aller Strafen, so daß er
nicht getödtet, gebrandmarkt ober durchgepeitscht werden kann, so
ist er an allen Orten als Verräther zu proclamiren, damit sich
Jeder von ihm entferne, und „sein Name werde in Israel ge=
nannt Blutmensch und Niederträchtiger";[2]) er darf sich mit
keiner Israelitin verheirathen, darf in keiner religiösen Ange=
legenheit zum Gesammt=Israel gerechnet werden, so lange er
sich der hier angeordneten Gerechtigkeit entzieht.[3])

Ferner, wenn Jemand vor unserm Herrn, dem Könige,
oder vor den Herren seines Rathes sich über Dinge äußert,
welche den Vortheil oder Nachtheil des Königs betreffen, so

1) . . . porque le sellan la frente con sello de fierro
ardiendo.

2) 2. B. Samuel 16, 7.

3) ‏ואם הוחזק במוסר בתלתא זמני בשני‎ . . .
‏י״א בדיני‎ que le faga matar el ‏רב‎ de la Corte ‏עדים כשרים‎,
‏ישראל על יד‎ de la justicia del dicho Senior Rey ‏י״א‎, y si non
le pudieren matar, ó sellar la frente, ó le azotar por se defender
de [le] todas las penas, que le pudieren dar, y sean lo ‏מפרסמים‎
en todo lugar por ‏מוסר ומלשין‎, porque todos los Judios se apar-
ten del, ‏ויקרא שמו בישראל איש הדמים ואיש הבליעל‎, y non lo consien-
tan casar con ‏בת ישראל‎, nin sea ‏בכלל עם ישראל‎ en cosa ‏קדושה‎ todo
tiempo que se defendiere de la justicia que aqui es ordenada.
Vgl. hiermit das Statut (‏תקנה‎), welches die Juden Tubela's 1363
in Kraft setzten; meine Geschichte I. 206.

wird er, wiewohl es irgend einen Juden angeht, indem von ihm ausgesagt wird, daß er gegen den Vortheil des Königs Etwas unternommen, dennoch nicht Verräther und Angeber genannt, weil wir Juden Alle verpflichtet sind, den Vortheil des Regenten zu wahren und gegen Jeden, der seinen Schaden will, energisch einzuschreiten und ihn daran zu verhindern.

Deßhalb ist jeder Jude, welcher unserm Herrn, dem Könige, Etwas hinterbringt, was seinen Vortheil betrifft, obgleich es gegen irgend einen Juden gerichtet ist, einer jeden Strafe frei, sobald die Aussage auf Wahrheit beruht, und soll die That alsdann öffentlich anerkannt und belobt werden. Ist aber das dem Könige gegen einen Juden Hinterbrachte Lüge, so soll seine Strafe sehr groß sein, weil er seinen König und Herrn belogen hat und ein falscher Zeuge und Verräther ist, deßhalb soll er mit allen möglichen Strafen belegt werden. Alle Gemeinden Castilien's stimmen diesem Beschlusse bei.

Ferner ordnen wir an, um Streit und Hader unter den Menschen zu vermeiden, daß, so irgend einer oder mehrere Richter irgend einer der Gemeinden des Königreichs von irgend einem Juden oder einer Jüdin um Aufschub und Rechtseinstellung gegen irgend eine Person, sei es Jude oder Jüdin, gegen eine oder mehrere, angegangen wird, dieser die Person, gegen welche die Rechtseinstellung verlangt wird, zwinge, dieselbe zu bewilligen, und setzt er den Parteien eine Frist, innerhalb welcher der Rechtsstreit zu behandeln ist; sobald der Aufschub und die Rechtseinstellung festgesetzt sind, ist jede Partei verpflichtet, selbige nach Ausspruch des Richters innezuhalten, und Jeder, der dieselbe bricht, soll nach den königlichen Gesetzen beurtheilt werden. Will aber der Richter laut schriftlich abgegebener Erklärung Rechtseinstellung nicht bewilligen, so kann die Partei durch christliche Richter es verlangen. —

Ferner ordnen wir an, daß weder Jude noch Jüdin es wage, sich irgendwie mit Folgendem zu befassen, daß nämlich irgend ein Jude sich mit irgend einer Jüdin, oder eine Jüdin sich mit einem Juden gewaltsamer Weise, sei es auf Grund eines Schreibens oder eines Befehls des erwähnten Herrn Königs, oder der Königin, oder eines andern Herrn, oder irgend einer Machtperson verbinde oder verheirathe, daß Niemand einen Droher anstelle in einer Weise, daß irgend ein Jude gewaltsam oder vermittelst irgend einer Drohung oder vermittelst Furcht vor irgend Jemanden sich mit irgend einem Weibe, oder irgend ein Weib sich mit irgend einem Manne verheirathe. Wer dieses Verbot übertritt, soll mit dem Banne belegt und aus der Genossenschaft völlig ausgeschlossen werden, auch fünf Tausend Maravedis Strafe zahlen, zu Gunsten dessen, den der Hofrabbiner bestimmen wird.

Ferner, weil Einige sich unterfangen, Weiber betrügeri= scher Weise sich anzutrauen (verloben), zuweilen mit Hilfe der Christen gewaltsam in die Häuser der Juden eindringen und jüdische Mädchen zwingen, Geld oder Geldeswerth als Trauungs= gabe anzunehmen, oder ihnen an einen bestimmten Finger einen Ring anstecken und dadurch erhebliche Zweifel an der Gültig= keit der Ehe erzeugen, was Einzelnen viel Unheil und Schande bringt, auch Unsittlichkeit herbeiführt, und da es zu allen Zeiten in den Gemeinden Castilien's hierüber bestimmte Anord= nungen gab,

so bestimmen und anordnen wir, daß kein Jude etwas derartiges zu thun wage, sich nämlich eine Frau antraue (ver= lobe) außer in Gegenwart von zehn erwachsenen Israeliten und irgend eines Verwandten der Frau. Befindet sich der Vater oder Bruder der Frau im Orte, so muß einer derselben zu= gegen sein, damit sie die Einwilligung zur Eheschließung geben; auch muß der Vorbeter gegenwärtig sein und die Verlobungs= Benedictionen sprechen. Jeder, der diesen Bestimmungen zu= wider handelt, sei mit dem Banne belegt, aus dem Gemeinde=

verbande gestoßen und unfähig, gültiges Zeugniß abzulegen; er erhält 100 Peitschenhiebe und zahlt 10000 Maravedis zu Gunsten desjenigen, den der Hofrabbiner bestimmen wird. Wird nicht in oben angegebener Weise verfahren, so soll, obwohl die betr. Frau mit dem betr. Manne mit Zustimmung des Vaters der Frau vorher verlobt waren, Niemand als Zeuge bei der Trauung fungiren. [1])

1) Otrosi ordenamos que non sea usado Judio nin Judia de haber עסק alguno, porque por fuerça case, ó se espose algun Judio con alguna Judia, ò Judia con Judio, por carta, ò mandamiento del dicho Senior Rey י"א, ò de la dicha Seniora ת"מ (תברך מנשים), ó de otro Senior, ó Seniora, ou otra persona alguna poderosa, nin meta rogador nin amenazador sobrello de manera que Judio alguno por fuerça, ó con amenaza כלל non por miedo de alguno que sea, se espose, ó case con muger alguna, ó muger alguna con algun hombre, y cualquiere que sobre esto fuere עובר, sea מוחרם ומנודה ויהא פתו פת כותי ויינו יין נסך ולא יקבר בקברי ישראל, y pague en pena cinco mil maravedis pora quien mandare el רב de la Corte י"א .

Otrosi por cuanto algunos se entremeten en dar קדושין á algunas mugeres por engaño, ולפעמים entran algunos בכח גוים לבתי היהודים, y facen tomar בתורת קדושין כסף או שוה כסף á algunas, ò les ponen טבעת cierto ולפעמים באצבעותיהן, כבנות ישראל באונס nas-cen ספקות en los קדושין וקלא דלא פסיק, lo cual viene dello mucho mal, y deshonra á algunos, y ha פריצות בעריות, y en todos los tiempos hubo en esta razon תקנה en los קהלות יצ"ו de Castilla,

porende ordenamos, y somos מסכימים que algun Judio non trabaje nin faga alguna cosa de todo lo sobredicho, nin de קדושין á muger alguna, si non fuere en presencia de עשרה מישראל גדולים בשנים, y que sea קרוב alguno dellos de la muger, y si la tal muger tuviere padre, ó hermano en la villa, que sea ende presente uno dellos, y que sean מוסכמים בדבר, y que haya שליח צבור ביניהם que sea מברך ברכת אירוסין, cualquiere que lo facara, sea מוחרם ומנודה ופסול לעדות, y den le ciente azotes, y pague diez mil maravedis, pora quien mandare el dicho רב de la Corte י"א, y si non fuere por la dicha manera que עדים non se acertaren à ello, y aunque primero haya שדוכין la dicha muger con el tal hombre בהסכמת del padre.

Ferner ordnen wir an, daß weder ein Jude noch eine Jüdin es wage, irgend einen Christen oder eine Christin als Bittsteller oder Droher bei irgend einem Richter oder einem andern Gemeindebeamten betreff eines Prozesses, welchen irgend Jemand gegen ihn, oder er gegen einen oder mehrere Andere haben wird, zu verwenden. Wenn irgend ein Christ oder eine Christin irgend eine Gemeinde, oder eine Privatperson für irgend einen Juden oder eine Jüdin bedroht, und es in Ab= rede stellt, so ist derjenige, für den die Drohnng in Anwendung gebracht, gehalten, den Christen oder die Christin von der Drohung oder Bitte mit aller Kraft abzubringen, so daß weder der betreffenden Gemeinde, noch irgend einer Privatperson Schaden oder Nachtheil daraus erwachse. Thut er es dennoch und verhindert es nicht und zieht irgend welchen Vortheil aus der Bitte oder Drohung, so sei es mit ihm zu halten, als ob zwei glaubwürdige Zeugen Zeugniß gegen ihn abgelegt hätten, daß er den Christen oder die Christin zur Anwendung der Bitte oder Drohung bestellt habe, und noch · mehr, wenn aus dem Umstande der Gemeinde oder irgend einer Privatperson irgend welche Ausgabe erwächst, so haben die Richter auf Gut= finden des Rabbiners die Befugniß, den Schaden aus dem Vermögen eines solchen Gesetzübertreters zu erheben und ihn dem Benachtheiligten zu ersetzen. Wenn der Christ oder die

Um der Unsittlichkeit zu steuern, haben verschiedene spanische Ge= meinden, wie Barcelona, Tortosa u. a. schon früher die Einrichtung getroffen, daß eine Verlobung (Antrauung) in näher angegebener Weise nur in Gegenwart von zehn erwachsenen Personen und der Be= glaubigten der Gemeinde vor sich gehen dürfe. Vgl. R. Salomo ben Aberet RGA. 1206. R. Isaak ben Scheschet, RGA. 394: הקהל
טורטושה הסכימו לעשות גדר ותקנה שלא יהא רשות ביד שום אדם לקדש שום אשה
כי אם בידיעת נאמני הקהל ובפניהם ובפני עשרה ואם שמא יעבור ויקדש שלא
כנזכר שיהיו קדושין נפקעין ובטלין
Ibid. RGA. 232: הסכמת הקהלות שבכתוב בה שלא יקדש אדם אשה אלא בקהל
עשרה .

Christin nicht Rede stehen und den Gesetzübertreter vertheidi=
gen, so daß kein Urtheil über ihn gefällt werden kann, so sind
die Ortsrichter gehalten, es dem Hofrabbiner anzuzeigen, damit
die königliche Justiz über ihn Recht spreche. Wenn aber die
Person, für welche die Bitte oder Drohung geschehen, den
Christen oder die Christin, welche sie bestellt, von der That ab=
hält, so daß weder der Gemeinde, noch irgend einer Privat=
person Schaden zukömmt, so ist sie von den erwähnten Stra=
fen und Bußen frei.

Ferner, weil einige Juden den Wein von Christen und
reichen Personen „purificiren“ und ihn zur Verkaufszeit mit
Gewalt als כשר=Wein verkaufen oder vermittelst Bitte und
Drohung den Mäkler überreden, daß er ihn weit über den
Preis hinauf treibe, oder auch die Eingangssteuer, welche die
Gemeinden erheben, von solchem Weine vermindern,[1]

darum ordnen wir an, daß jeder Jude, welcher den
Wein von Christen „purificirt,“ so verfahre, daß der betr. Wein
all den Steuern, Abgaben und Zöllen gleich dem von Juden
bereiteten Wein unterliege, und daß er ihn nicht dem christlichen
Eigenthümer übergebe, um ihn durch Anwendung von Bitte
oder Drohung irgend einem Juden zu verkaufen; wer dieses
thut, wird als Verräther und Delator behandelt.

Ferner ordnen wir an, daß an jedem Orte, wo bereits
zehn jüdische Familien und mehr wohnen oder wohnen werden,
diese eine כשר=Wein=Wirthschaft sowohl für sich selbst, als auch
für die jüdischen Durchreisenden einrichten.[2] Diejenigen Ge=
meinden, welche bereits Mäkler (Postores) bestellt und ihre
Wirksamkeit limitirt haben, sollen die bezüglichen Bestimmungen
aufrecht halten. Betreff derjenigen Gemeinden, welche noch
keine Mäkler bestellt haben, ordnen wir an, daß sie sich inner=

1) Las alcabalas judias que echan los קהלות יצ"ו ...
2) Es war den Juden durch die Cortes mehrfach verboten, christ=
liche Wirthschaften zu besuchen.

halb acht Tagen, vom Tage der Publication dieses Statuts
angerechnet, auf öffentliche Bekanntmachung in ihrem Betlokale
versammeln und Bestimmungen über die Mäkler und ihre
Thätigkeit treffen; einigen sie sich innerhalb der nächsten drei
Tage nicht, so haben sie auf ein Jahr Mäkler zu ernennen
und zwar einen von Seiten der Weinverkäufer und einen von
Seiten der Weinkäufer. Dieselben haben gewissenhaft darauf
zu achten, daß der Wein nach dem Gebrauche des Ortes und
nach den unter den Christen üblichen Preisen verkauft, daß die
allgemeinen Steuern sowohl, als auch diejenigen, welche in die
Talmud=Thora fließen, von den Käufern gehörig entrichtet
werden. Sobald sie einsehen, daß auf dem jüdischen Weine
(vino judaigo) mehr Ausgaben haften als auf dem christlichen
(cristianigo), so haben sie den Preis verhältnißmäßig zu erhöhen,
aber auch dafür zu sorgen, daß der Wein an Qualität nicht
verliere. Die Mäkler leisten einen Eid, daß sie ihr Amt in
lauterer Absicht verwalten, daß, wenn sie es für nöthig erachten,
einen Obmann zur Entscheidung hinzuzuziehen und nach dessen
Ausspruch verfahren wollen.

Ferner, da einige Juden sich sowohl von unserm Herrn,
dem Könige, oder von unserer Herrin, der Königin, oder auch
von anderen Fürsten und Fürstinnen schriftliche Befehle ver=
schaffen, woraufhin sie Aemter bekleiden, und sich derartige
Beamte in den Gemeinden auch finden; da die Erwerbung
solcher Befehle ohne Zustimmung der Gemeinden aber eine große
Sünde ist und daraus große Streitigkeiten entstehen, indem
zuweilen zum Nachtheile der Gemeinden die Stellen an untaug=
liche, unwürdige Personen übergehen,

darum ordnen wir an, daß keine Person vom
jüdischen Stamme sich bedienen dürfe irgend einer Urkunde,
eines Gnaden= oder Freibriefes, oder irgend eines schriftlichen
oder mündlichen Befehls, welche ihm von unserm Herrn, dem
Könige, oder von unserer Herrin, der Königin, oder von einem
andern Fürsten oder einer Fürstin ausgestellt wurde, um die

Stelle eines Talmid Chachams zu bekleiden, oder daß er irgend welche Einnahme von irgend welcher Gemeinde beziehe, oder daß er die Stelle eines Schreibers, Schächters, Vorbeters, Lehrers, Gerichtsboten, Revisors oder irgend eine Gemeindebeamtung bekleide ohne Zustimmung der Gemeinden oder derjenigen Gemeinde, der das Besetzungsrecht zusteht. Niemand darf einen solchen Befehl oder irgend eine Stelle durch Gewalt, durch Anwendnng von Bitte und Drohung durch einen oder mehrere Christen an sich bringen; im Uebertretungsfalle wird er mit dem großen Banne belegt. Diese Verordnung hat jedoch keinen Bezug auf den mehrerwähnten geehrten Hofrabbiner Don Abraham, indem es der Wille der Gemeinden war und ist, daß er ihr Oberrichter und Repartidor sei, und er auf Gesuch der Gelehrten und auf Berufung der Gemeinden, so wie auf Grund ihrer Vorstellungen und Petitionen diese Stelle erlangt hat. Jeder Andere, welcher sich irgend einen Gnaden=brief verschafft, hat ihn unserer Bestimmung gemäß innerhalb der nächstfolgenden sechs Monate von heute an gerechnet dem geehrten Hofrabbiner Don Abraham zur Prüfung und Be=gutachtung zu übergeben; innerhalb dieser Zeit kann Jeder sein Amt, das er inne hat, weiter bekleiden, und ist ihm von dem Hofrabbiner das Gehalt zu bestimmen.

Ferner ordnen wir an, da Einige gegen den Willen der Gemeinde von sich aus Beamte wie Schächter, Schreiber u. dgl. m. einsetzen, (deshalb ordnen wir an) daß dies unstatthaft sei, und daß die betr. Person ohne Einwilligung der Gemeinde oder deren Mehrheit von einer solchen Beamtung keinen Ge=brauch mache, insofern sie nicht vorher wisse, von wem, oder ob mit Bewilligung des Hofrabbiners sie angestellt ist [1]).

1) Otrosi ordenamos que por cuanto algunos שלא ברצון הקהל ponen oficiales por si, asi como טבח או סופר וכיוצא בו, porende ordenamos que le non puedan facer, nin use del tal oficio la tal persona sin licencia del קהל donde lo ponen ó רובם, de ma-

Ferner ordnen wir an, daß kein Jude eine Christin zur Bedienung halten, noch für beständig mit ihr in seinem Hause wohnen darf, gleichviel ob gegen Lohn oder umsonst, indem daraus große Widerwärtigkeiten entstehen können und entstehen, und auch in früheren Zeiten, da die Gemeinden mehr Ruhe und Frieden genossen, diese Einrichtung unter ihnen getroffen wurde. [1]

Vierte Pforte.

Ueber Steuern und Abgaben.

Da sich die Verräther und Bedroher durch die Fürsten und Herrscher und die übrigen Christen leider! in einer Weise mehren, daß die Steuerpflichtigen sich ihrer Verpflichtung ent= ziehen, damit die anderen Juden auch mit ihrem Theile belastet werden, da auch einige jüdische Bewohner in dem mehrerwähnten Königreiche Castilien die Gemeinden ihres Wohnortes durch ihre Denunciationen von den Steuern und Abgaben des Herrn Königs frei machen, und zwar aus keinem andern Grunde, als um selbst steuerfrei zu sein, auch Andere sich an einigen Orten niederlassen, welche unter besonderer Herrschaft stehen und letztere besondere Freiheiten bewilligen, auch öffentlich bekannt machen, daß Jeder durch eine Uebersiedelung dahin von den

nera que sepán á quien son ממנים, o con licencia del dicho רב de la Corte י״א

1) O t r o s i o r d e n a m o s que ningun Judio non pueda tener pora que le sierva ó more con el dentro en su casa בקביעות cristiana alguna לא בשכר ולא בחנם, por cuanto pueden nascer, y nascen grandes תקלות, y en los זמנים קדמונים que tenian mas והשקט שלוה los קהלות יצ״ו, habia esta תקנה entre ellos. — Vergl. Las Siete Partidas, L. 8 u. a.

Vgl. auch Juchasin 101 a: גויות . . . אנחנו קבלנו כי היו לוקחים היהודים בבתיהם והיו מתעברות מהיהודים.

königlichen Steuern frei werde, wodurch sich sowohl die könig=
lichen Orte als auch diejenigen, welche zur Zahlung der könig=
lichen Steuern verpflichtet sind, entvölkern, und woraus den
Gemeinden großer Nachtheil erwächst; daß ferner einige Andere
von dem Herrn Könige neue Freibriefe und Bestätigung gewisser
früherer Privilegien erlangen, andere durch .Bittgesuche und
.Drohungen sich von den Steuern frei machen oder auch will=
kürlich zahlen oder an ihre Zahlungen· Bedingungen knüpfen;
da nun schließlich in früheren Zeiten unsere Vorfahren s. A.
auch in dieser Beziehung Bestimmungen getroffen haben,[1])

1) השער הרביעי .
בענין המסים והעבודות.

Por cuanto בעונותינו רבו המוסרים והמגזימים על ידי השרים והשלטונים
en manera que los pecheros que מן הדין son ושאר הנוצרים
de pechar, son מפקיעין de se el חיוב, y lo echan, pora que lo
pechen los otros Judios, asi algunos de los Judios moradores
en el dicho regno de Castilla במסירותם facen por quitar, y tirar
á los קהלות יצ"ו, donde viven, de los מסים del dicho Senior Rey
י"א ובעבודות que son מחויבים, y facen, porque los quiten de los
pechos que son מחויבים, y otros algunos van á morar á algunos lugares de Seniores por franquezas algunas que facen, y
mandan facer, y pregonar, porque sean quitos de los pechos
del dicho Senior Rey י"א, por donde se despueblan los lugares
realengos, y los lugares que pechan en los servicios, y en otros
lo cual es de servicio del dicho Senior Rey י"א, y viene dello
gran daño á los קהלות יצ"ו, y otros algunos ganan cartas de
merced del dicho Senior Rey י"א, y confirmamientos de privi-
legios ciertos que tienen, y otros meten rogadores, y amenaza-
dores porque los quiten, ó porque pechen lo que quieren, ó les
fagan תנאי los קהלות יצ"ו . donde moran, sobrello, y en los tiempos
passados los קדמונים נ"ע בתקנותיהם en Castilla ficieron תקנות sobrello.

Adlige benutzten, um die Zahl ihrer Unterthanen zu vermehren,
schon früh den Kunstgriff, durch Versprechung der Steuerfreiheit die
Einwohner königlicher Orte zur Uebersiedelung in die gutsherrlichen
zu bewegen. Bereits Heinrich II. und Juan I. von Castilien sahen
sich genöthigt, die Verfügung zu erlassen, daß Personen, die aus könig=
lichen Orten in gutsherrliche zögen, verbunden bleiben sollten, von

so ordnen wir an, daß kein Jude oder Jüdin weder
einen Freibrief noch ein Mandat von dem Herrn Könige oder
von der Frau Königin, oder einem andern Fürsten oder einer
Fürstin oder sonst einem Herrn erwirken dürfe, wodurch sie von
dem, was sie den Gemeinden an Steuern zu zahlen verpflichtet
sind, frei werden, daß Niemand die Bestätigung eines bezüg=
lichen Privilegiums sich verschaffe, oder eine Person, die nicht
unseres Glaubens ist, zu Gesuchen oder Drohungen verwende,
daß Niemand aus den Mandaten oder Suppliken weder irgend
welchen Nutzen ziehe, noch diesen für sich, oder für irgend eine
Gemeinde, oder für irgend eine oder mehrere Privatpersonen
annehme, daß überhaupt Niemand sich durch einen in besagter
Weise erlangten Freibrief Vortheile verschaffe, um sich der
Steuern, der Auflagen, Anleihen oder sonstigen pecuniären
Leistungen, welche der Herr König von den Gemeinden fordern
wird, zu entziehen. [1])

Ferner, da in einigen Orten gewisse Summen an Geld
oder eine gewisse Anzahl Maravedis von der Gemeinde als
Auflage erhoben werden, und Niemand berechtigt ist, sich von
dem was bei solchen Auflagen auf seinen Theil fällt, loszu=
machen,

so ordnen wir an, daß es mit solchen Auflagen oder
außerordentlichen Steuern wie mit allen übrigen Steuern zu
halten sei, außer wenn der betr. Jude zur Zeit, da die Ver=

ihren im Realengo liegenden Besitzungen alle königlichen und Com=
munal=Abgaben fortzuentrichten. Ord. Real. Lib. IV. Tit. 4, l. 4
und Lib. VII. Tit. 4, l. 3 — 6. M. s. Archiv für Geschichte und
Literatur, herausgegeben von Schlosser und Bercht, IV. 113.

2) Dieselbe Verordnung vom König bestätigt — בחותם אדונינו המלך —
erwähnt Isaak ben Scheschet (RGA 271) fast mit denselben Worten:
... שום יחיד לא יוכל להוציא בעדו ולא בעד שום אחר שום כתב או צווי מאת אדונינו
המלך יר"ה או הממונה תחתיו מאי זה דבר בענין המסים ועניין הלוקתן בין לצורך
עצמו בין לצורך אחרים אא"כ יעשה זה בהרשאה מפורשת מכל הנאמנים הנמצאים
יבעיר ..... וכן שלא יוכל להעזר ולהועיל ממה שיהיה כתוב באותו כתב או צווי ...

pflichtung auf der Gemeinde lastete, von Rechtswegen davon befreit war. Behauptet irgend eine Gemeinde, daß laut Gemeindestatut die Auflagen an Geld irgend eines Herrn verpachtet werden, so kann der Pächter Niemanden von der Auflage befreien, der nicht zur Pachtzeit bereits davon befreit war. Genießt Jemand nach dieser Richtung Befreiung von Steuern, so ist in ähnlicher Weise mit ihm zu verfahren. Trifft irgend eine Gemeinde mit irgend einer Person, sei es aus Argwohn oder Furcht oder in Folge von Drohungen oder auf Grund eines Freibriefes, ein Abkommen, so hat es keinen Werth und ist ungültig; auch wird, wenn Drohung oder Gewalt angewendet wurde, der Bann verhängt und die betr. Person zur Zahlung verhalten.

Ferner ordnen wir an, daß Jeder, welcher einen Freibrief oder irgend eine Mandatsurkunde in dieser Hinsicht besitzt, diese innerhalb der nächsten sechs Monate von heute angerechnet, dem mehrerwähnten Hofrabbiner vorweist, damit dieser das Dienliche vorkehre.

Ferner, weil der gelehrte Rabbiner Don Meïr Alguades s. A. sich um das Judenthum sehr verdient machte und lange Zeit „in den Riß trat,“ so geziemt es sich, Erkenntlichkeit zu zeigen und „den Bund und die Treue zu bewahren,“ welche er bei Lebzeiten den Gemeinden gegenüber beobachtet, und nicht undankbar zu sein; weil sodann in den früheren Organisationen, welche in den Gemeinden getroffen wurden, ehe und nachdem Don Meïr als ihr Oberrabbiner und Oberrichter fungirte, sowohl er, als auch seine Nachkommen von allen Steuern, welche die Gemeinden zu zahlen haben, befreit waren, und das bezügliche Privilegium noch heute in Kraft ist; weil ferner Donna Batseba, seine Wittwe, ein Biederweib ist und in gewisser Beziehung die Ehrenrechte des erwähnten gelehrten Rabbiners auf sie übergehen,[1]) und weil

1) Aboda Sora 39a: ‏אשת חבר הרי היא כחבר‎.

Donna Luna, seine Tochter, Wittwe des geehrten D. Meïr Jbn Alfachar s. A. ebenfalls ein Biederweib ist, so bestimmen wir, daß keine dieser genannten Wittwen weder von irgend einer Gemeinde, noch von irgend einem Einzelnen zu Steuerzahlungen angehalten, noch irgendwie dafür ausgepfändet werden kann; der erwähnte Hofrabbiner Don Abraham wird bestimmen, wie es mit ihnen zu halten sei. [1])

Und da es nicht unsere Absicht ist, Jemanden zu Ausgaben zu veranlassen, zu denen er nicht verpflichtet ist, wir vielmehr wollen, daß die Repartition sämmtlicher Steuern und Abgaben dem mosaisch-talmudischen Rechte gemäß geschehe, so ordnen wir an, daß wenn irgend eine Gemeinde glaubt, in der Distribution der Steuern und Abgaben von unserm Herrn, dem Könige, benachtheiligt zu sein, dieselbe einen oder zwei Deputirte an den erwähnten Hofrabbiner absende und ihre Beschwerden vorweise; der erwähnte Hofrabbiner zieht, wenn er

1) Otrosi ordenamos que cualquiere que tuviere merced, o mandamiento alguno בכתב en la dicha razon que fasta seis meses primeros siguientes כהיום lo muestra al dicho רב de la Corte י"א, pora que faga en ello lo que viere que cumple. Pero por cuanto el חכם הרב דון מאיר אלוריש ז"ל fizo טובות עומד בפרץ זמן רב es מן הראוי de lo reco- noscer, y de ser שומר הברית והחסד, que fizo בחייו á los קהלות יצ"ו, y non ser כפוי טובה, y en los הסכמות passados que fueron fechos en los קהלות, asi ante que el dicho רב דון מאיר ז"ל fuese su juez mayor, como despues, le fue fecha gracia, que fuese quito הוא ויוצאי ירכו de cualesquier pechos que los קהלות יצ"ו hubieren á pechar, y aun tenia privilegio sobrello, y Doña בת שבע אלמנתו es אשת חיל, y hay levado adelante el כבוד del dicho חכם הרב ז"ל מצורף לזה כי אשת חבר הרי היא כחבר אפילו לאחר מותו en casos ciertos.

Otrosi Doña לונה בתו אלמנת הנכבד דון מאיר ן' אלפכר נ"ע es אשת חיל, acordamos que cada una dellas dichas אלמנות, nin alguna dellas non pueda קהל alguno nin otro יחיד repartir so- brellas מם alguno, nin gelo puedan demandar, nin ser ממשכן por ello, salvo que usen con ellas por la manera que el dicho רב de la Corte Don אברהם י"א ordenare..

es für nöthig hält, zwei Gelehrte, welche er nach Gutfinden wählt, zur Untersuchung bei, und wenn er findet, daß irgend eine der Gemeinden, deren Deputirte die Beschwerden vorweisen, benachtheiligt ist, so wird er den Beschwerdepunkt beseitigen.

Da ferner einige Gemeinden sehr strenge Einrichtungen treffen, daß nämlich alle Ausgaben und Lasten der Gemeinden auf Jeden, der sich dort findet, vertheilt und Jeder ohne Unterschied zur Zahlung angehalten, auch Niemand Zeit und Gelegenheit gegeben wird, sein Recht geltend zu machen, zuweilen auch diejenigen, welche von Rechtswegen steuerfrei sind, zur Zahlung angehalten werden, und da die Steuerrevisoren nicht selten offenbares Unrecht begehen,

so ordnen wir an, daß in dieser Weise fernerhin keine derartige Einrichtungen getroffen werden. Hinsichtlich der bereits getroffenen ordnen wir an, daß sich alle in dem Orte befindlichen Gemeindemitglieder nach geschehener Bekanntmachung ihrem Brauche gemäß versammeln und den wegen Steuerverweigerung etwa verhängten Bann lösen, überhaupt gesetzmäßige Einrichtungen treffen nach Gutfinden des Ortsrabbiners oder desjenigen der zunächst gelegenen Gemeinde.

Da ferner einige Steuerrevisoren freventlich augenscheinliches und offenbares Unrecht begehen und noch dazu bewirken, daß ihre Nachfolger im Amte ihnen nachahmen, insofern sie in den Gemeinden tadelnswerthe Gebräuche einführen, „den Unschuldigen für schuldig und den Schuldigen für unschuldig“ zu erklären, weß Ursache viele die in dieser Hinsicht getroffenen Einrichtungen überschreiten,

darum ordnen wir an, daß von heute an und weiter keine Gemeinde die Anordnung treffe, daß die Person, welche glaubt, benachtheiligt zu sein, ihre Beschwerde nicht anbringe. Einigt sich die Gemeinde mit denjenigen, welche behaupten, benachtheiligt zu sein, dahin, die Angelegenheit durch den Richter des Wohnortes oder des Bezirkes schlichten zu

laſſen, ſo kann es geſchehen, und muß ſie alsdann nach Aus=
ſpruch des Richters den Schaden erſetzen; weigert ſie ſich jedoch,
den Richter des Ortes oder des Bezirkes zu wählen, ſo kann
ſie den ſtreitigen Punkt dem Hofrabbiner zur Entſcheidung
und Ausgleichung überweiſen. Nur unter dieſen Bedingungen
können die Gemeinden Steuerreviſoren ernennen und bei Zah=
lungsverweigerungen den Bann verhängen.

Ferner, da einige Juden, ſowohl diejenigen, welche in
Valderas,[1] in Badajoz, ſowie außerhalb dieſer Orte
wohnen, behaupten, daß ſie von Rechtswegen nicht verpflichtet
ſeien, an den Steuern der genannten Herrſchaft zu zahlen,
indem ſie vorgeben, daß alle Bewohner der genannten Orte
Valderas und Badajoz für ſich und ihre Nachkommen privilegirt
und ſie ſomit von Rechtswegen zu keinerlei Steuerzahlung ver=
pflichtet ſeien,

da ferner auch einige Juden, ſowohl von denen, welche
in Aſtorga, wie außerhalb dieſer Stadt wohnen, behaupten,
daß ſie von den Steuern befreit ſeien, weil der genannte Herr
König ſie durch ein Privilegium der Kirche oder dem Biſchofe
genannter Stadt zugewieſen, und da bis anhin der genaue
Inhalt dieſes Privilegiums von Valderas nicht bekannt ge=
worden, man auch nicht genau weiß, wie viele in Aſtorga zu
den Privilegirten gehören, indem, wie uns mitgetheilt ward,
gar Viele ſich als Solche ausgeben,

darum ordnen wir an, daß jeder Mann oder jede Frau,
welche derartiges behaupten, von dem Tage der Einführung
dieſes Statuts an bis innerhalb der nächſten ſechs Monate vor
dem Hofrabbiner erſcheinen und ihre Privilegien vorweiſen, im
Nichtfalle keinerlei Entſchuldigung hinſichtlich der Steuerverwei=
gerung gültig und ihre Einwände nichtig ſind, ſie auch wie
jeder andere zur Steuerzahlung verhalten werden.

1) Valderas, in der Nähe Valladolid's.

Ferner, weil die Gotteslehre vor Druck der Wittwen und Waisen warnt und im Besondern hervorhebt, daß die kleinen Kinder Mitleid erregen und mit ihnen ein Bund geschlossen wurde, daß ihr Wehklagen Erhörung findet, demzufolge auch unsere Vorfahren in ihren Statuten festgesetzt haben, die Lasten des Königs und der Fürsten ihnen abzunehmen,

darum ordnen wir an, daß Wittwen und Waisen, welche nicht ein Capital-Vermögen von 400 Maravedis besitzen, vor ihrer Verheirathung keinerlei Steuern .und Gemeindeabgaben zahlen; haben sie mehr als die genannte Summe im Vermögen, so ist auch nur der Mehrbetrag steuerpflichtig. Ebenso ist es mit Krüppeln und gebrechlichen Personen zu halten.

Ferner, da in allen früheren Zeiten alle Gemeinden grundsätzlich unter sich Steuern von Fleisch und Wein erheben, was zur wesentlichen Erhaltung derselben beiträgt, indem dadurch viele Zwistigkeiten, Zerwürfnisse, falsche Schwüre und Bann verhindert werden, und auch diejenigen, welche über die Einrichtungen der Provinzen wachen, die Befugniß haben, die getroffenen Bestimmungen theilweise zu verändern; da dieses Alles zur Genüge beweist, daß diese Einrichtung hauptsächlich deshalb getroffen wurde, um im Frieden zu leben und viele Streitigkeiten, welche über die Steuern. der Gemeinden entstehen, zu beseitigen, [1)]

darum ordnen wir an, daß von heute an in allen Gemeinden des Königreichs der Gebrauch eingeführt werde, Steuern von Fleisch und Wein zu erheben. Jegliche Gemeinde

1) Otrosi por cuanto en todos los זמנים passados de gran tiempo יצ"ו כל הקהלות נהגו דרך כלל. de haber entre si rentas de carne, y de vino, lo cual es קיום de los קהלות יצ"ו, porque tira muchos עומדים על מחלוקות ומריבות ושבועות שקר וחרמות, y los que son תקוני המדינות רשאים להסיע על קצתם, y esto bien se muestra que הסכמת נפשית היתה עליו por vivir en paz, y se tirar de mucho מריבות que recrescen sobre los מסים de los קהלות יצ"ו .... Vgl. Isaak ben Schefchet, RGA. 497, 426: בשר יין (sisas) שישאש.

verſammelt ſich ihrem Brauche zufolge, um die Steuern anzuordnen, und zu beſtimmen, was diejenigen leiſten, welche keine
feſten Einrichtungen und Statuten in beſagter Richtung haben;
einigen ſie ſich innerhalb der nächſten dreißig Tage, von dem
Tage der Verſammlung angerechnet, nicht, ſo ſollen ſie ihre
Anſichten dem Hofrabbiner eröffnen, damit er anordne, wie ſich
die Gemeinde hinſichtlich der Steuern zu verhalten habe, und
iſt dieſelbe ſodann verpflichtet, ſeine Befehle zur Ausführung
zu bringen.

Ferner, hinſichtlich derjenigen Ortſchaften, wo ſie aus
gewiſſen Urſachen keine Steuern von Wein zu erheben pflegen,
ordnen wir an, daß wenn die Mehrheit der Gemeinde, ſowohl
die Mehrheit der Perſonen als des Cenſus, in ihrer Verſammlung beſchließt, keine Steuer von Wein zu erheben, ſie von
der Beſteuerung frei ſind.

Ferner, da einige Juden, einflußreiche oder gewaltthätige
Menſchen, ſowohl die unbemittelten und armen Gemeindemitglieder, als auch die Mitglieder der Steuer-Commiſſion (welche
die Steuerliſten entwerfen) bedrohen, ſo daß dieſe aus Angſt
und Furcht vor ihnen, die pflichtige Steuerlaſt ihnen erleichtern,
jene auch wohl die Liſt gebrauchen, daß ſie zu Mitgliedern der
Steuer-Commiſſion ſolche Perſonen wählen, welche ihnen unter-
geben ſind und ſomit thun, was ſie wollen — was nicht allein
Unrecht und Betrug iſt, ſondern ſie auch „Schrecken verbreiten im
Lande des Lebens" [1]) — da ferner die Steuern geſetzlicher
Weiſe je nach dem Vermögen und dem Erwerb vertheilt werden
ſollen,
darum treffen wir die Anordnung, daß in allen Gemeinden alljährlich an dem Sabbath zwiſchen dem Neujahrs-
feſte und dem Verſöhnungstage während des Morgengottes-
dienſtes, unmittelbar nach dem Vorleſen aus der Thora, der

1) Ezechiel 32, 25, 26.

Bann über Jeden ausgesprochen werde, der es wage, ein solches Unrecht vorsätzlich zu begehen.

Ferner, da in vielen Gemeinden des Reiches einige ihrer Beamten, wie Revisoren, Gemeindevertreter und andere Personen Publicationen listiger Weise erlassen, damit sich näm= lich nicht die ganze Gemeinde, sondern nur diejenigen ver= sammeln, welche sie gerade wünschen, und dann ganz nach Will= kür Bestimmungen treffen, woraus viel Unheil und viele Streitigkeiten entstehen, und da nach talmudischem Rechte jede Einrichtung und Bestimmung, welche nicht von der ganzen Gemeinde oder deren Mehrheit getroffen wurde, ungültig ist,

darum ordnen wir an, daß von heute an keine Ver= ordnung in irgend einer Gemeinde gültig ist, sobald sie nicht durch die ganze Gemeinde oder deren Mehrheit getroffen wor= den. Wurde ein Beschluß in Steuerangelegenheiten gefaßt, so muß die Mehrheit der steuerpflichtigen Gemeindemitglieder so= wohl, als die Mehrheit nach dem Census hinsichtlich der neu zu repartirenden Steuer vertreten sein.

Ferner, weil die Gemeinden viele ihrer Verordnungen in öffentlichen Versammlungen zu erlassen pflegen, wenn auch die Mehrheit der stimmfähigen Mitglieder nicht vertreten ist, und es ihr schwer fallen würde, zu warten, bis sich alle Ge= meindemitglieder oder wenigstens die Mehrheit derselben ver= sammelt, zumal in den Gemeinden auch Fälle eintreten, welche keinen Aufschub erleiden und eine sofortige Verhandlung for= dern, so daß für die Gemeinden großer Schaden daraus er= wächst, wenn man eine gesetzlich zusammengetretene Gemeinde= versammlung abwarten wollte,

darum ordnen wir an, daß in Angelegenheiten, welche nicht so dringlich sind, daß man ohne Nachtheil für die Ge= meinde den nächsten Sabbath abwarten kann, man keinen Be= schluß fassen darf als in oben angegebener Weise. Je am nächsten Sabbath unmittelbar nach dem Vorlesen aus der Thora soll an allen Orten, wo öffentlicher Gottesdienst abgehalten

wird, öffentlich bekannt gemacht werden, daß an dem und dem
Orte die Gemeindeversammlung stattfinden und die und die
Gegenstände zur Verhandlung kommen werden, damit jeder
Einzelne „es sich zu Herzen nehme", der in Rede stehenden
Versammlung sich zu erinnern und entweder seine Rechte gel=
tend zu machen, oder freiwillig darauf zu verzichten, daß der=
jenige aber, welcher nicht erscheint, sich den Beschlüssen, welche
die Versammlung, selbst ohne Anwesenheit der Mehrheit, gefaßt,
zu unterziehen habe.

Ist die Angelegenheit der Art, daß der nächste Sabbath
nicht abgewartet werden kann, so kann je an dem nächsten
Montag oder Donnerstag die abzuhaltende Gemeindeversamm=
lung in angegebener Weise öffentlich bekannt gemacht werden,
und haben sodann die an diesen Tagen gefaßten Beschlüsse
volle Gültigkeit.

Ist die Angelegenheit so bringend, daß selbst der nächste
Montag oder Donnerstag nicht abgewartet werden kann, so soll
an dem nächsten Tage nach Beendigung des Morgen= oder
Abendgottesdienstes die Gemeindeversammlung in der Synagoge
bekannt gemacht werden.

Muß die Angelegenheit der Dringlichkeit wegen sofort er=
ledigt werden, so soll der Gemeindeschreiber die Gemeindever=
sammlung in den Häusern der Mehrheit der steuerpflichtigen
Gemeindemitglieder persönlich ansagen, mit der Verhandlung
soll gewartet werden, bis daß die ganze Gemeinde, d. h. jedes
Gemeindemitglied aus seinem Hause sich nach dem Versamm=
lungsorte verfügen kann; sodann kann die Verhandlung begin=
nen, und die Versammlung ist selbst ohne Anwesenheit der
Mehrheit der Gemeinde beschlußfähig. [1]

1) Dann heißt es noch: pero si en algunos קהלות יצ״ו tuvieren
ordenanza que non vala lo que ficieren salvo todo el קהל או
ריאי צורכי צבור רובו יעשו בהסכמתם; pero en los lugares que tienen
נבריים pora todas las cosas del קהל que fueren נבריים por el dicho
קהל יצ״ו אי רובי usen por la תקנה .

Ferner, da zuweilen Einige übereinkommen, einige allgemeine Bestimmungen unter Androhung des! Bannes zu treffen, und der Gemeindeschreiber oder andere Personen auch plötzlich, selbst gegen den Willen der Gemeinde oder deren Mehrheit, den Bann verhängen, so ordnen wir an, daß fernerhin Niemand es wage, einen Bann zu verhängen, bis daß die Sache reiflich überlegt und erwogen, daß nämlich die ganze Gemeinde oder deren Mehrheit in der Gemeindeversammlung anwesend war, als der betr. Beschluß gefaßt worden.

Fünfte Pforte.

Ueber die Trachten.

Da es hinsichtlich der Kleidertrachten der Frauen und ihrer Schmucksachen in vielen Gemeinden unangemessene und schädliche Gebräuche gibt, welche das Maß überschreiten, indem die Weiber kostbare und luxuriöse Gewänder tragen, nämlich reiche Stoffe, Schleppen und Schmucksachen von Gold, Silber, seltene Perlen, reichen Besatz und viele andere Dinge, welche viel Unheil herbeiführen und Verschwendung erzeugen, auch die Familienväter sich darüber beschweren, daß gerade durch den Luxus der Neid und Haß der Christen neue Nahrung erhalte, und auch meinen, daß diese, in Hinblick auf! ihre eigene Armuth und Dürftigkeit durch den großen Reichthum gegen die Juden aufgestachelt und veranlaßt werden, von Zeit zu Zeit drückende Gesetze gegen uns zu erlassen — sind wir ja von den früheren noch nicht völlig befreit — so erachten wir es für Pflicht, durch ernste Maßregeln energisch gegen den Luxus einzuschreiten und setzen fest, daß außer den Mädchen in der Brautzeit und den jungen Frauen im ersten Jahre ihrer Verehelichung keine Frau luxuriöse Kleider von kostbaren, goldburchwirkten, olivenfarbenen, durchsichtig feinen Leinenen, seidenen oder feinen wollenen Stoffen oder an ihren Roben Besatz von

Sammet, Brocat oder olivenfarbige Stoffe trage. [1) Sie sollen ferner keine Agraffen von Gold, Perlen, keine olivenfarbene Stirnbänder, an keinem Kleide lange Schleppen, nicht falben=reiche Kleider gleich den maurischen Weibern, keine Mäntel mit hochstehenden Kragen, keine Roben von hochrothen Stoffen, keine weiten Aermel u. dgl. m. tragen; silberne Agraffen, silberne Broches u. dgl. dürfen sie jedoch tragen, doch darf keines dieser Schmuck=sachen mehr als vier Unzen an Gewicht haben.

In ähnlicher Weise darf kein Israelit von fünfzehn Jahren und darüber irgend ein Kleid von goldburchwirkten, olivenfarbenen oder seidenen Stoffen, oder ein Kleid mit reichem, olivenfarbenem oder goldburchwirktem Besatze tragen. Dieses Verbot erstreckt sich nicht auf diejenigen Kleider, welche sie bei freudigem Anlasse oder bei dem festlichen Empfange des Königs oder der Königin, oder bei Tanzbelustigungen und dergleichen das Allgemeine betreffenden Gelegenheiten tragen. Weil aber die Verschiedenheit der Trachten in den Gemeinden sehr groß ist

1)
השער החמישי
בענין המלבושים.

Por cuanto en muchos קהלות יצ"ו hay reglas ומנהגות des-honestas y dañosas en razon de los trages de las vestiduras de las mugeres ותכשיטיהן, y son מפריזיים על המדה, y traen vestiduras de grandes cuantias, y de gran muestra, asi de paños ricos, y de grandes cuantias como colas ותכשיטין de oro, y de plata, y al-jofar, y forraduras ricas, y otras cosas muchas, las cuales son בעלי בתים סבות de mucho mal, y nasce desgastar, y se agravian los en ello como que recresce porello la קנאה ושנאה בין האומות, y aun pensan que de parte de gran riqueza se les levanta חלף גוזרים גזרות עלינו מזמן לזמן que son עניותם ודלותם ויוצא מזה por la dicha razon ועדיין לא נטהרנו מהראשונות בהשלם, y sobre esto es razon de facer grandes תקנות ולהחמיר על הדבר

לכן אנו מתקנים que muger alguna que non fuere moza por casar או כלה תוך שנת חופתה non traiga vestidura de salsa, de paño, de oro, nin de accitune, nin de cendal, nin de seda, nin de chamelote, nin traiga . . . .

unb ſich keine umfaſſende, die einzelnen Theilen völlig erſchöp=
fende Anordnung treffen läßt,

darum ordnen wir an, daß in dieſer Beziehung jede
Gemeinde für die Dauer dieſes Statuts unter ſich das Nöthige
feſtſetze, ſo daß ſie ſich einſchränken und erkennen, daß wir uns
leider in Zeiten des Drucks befinden; es ſteht jeder Gemeinde
frei, Erſchwerungen, welche hier nicht angeordnet, zu ver=
hängen.

Da ferner bei Verlobungen, Hochzeiten, Beſchneidungs=
feierlichkeiten und anderen ähnlichen Familienfeſten übertriebene
Ausgaben gemacht werden, ſo wollen wir, daß jede Gemeinde
auch in dieſer Hinſicht nach örtlichen und anderweitigen Ver=
hältniſſen Beſtimmungen treffe,

darum ordnen wir an, daß von dem Tage der Publi=
cation dieſes Statuts jede Gemeinde, welche eine derartige
Ordnung noch nicht feſtgeſtellt, innerhalb der nächſten dreißig
Tage in der hier angegebenen Weiſe verfüge. [1]

1) O t r o s i cuando alguno se esposa, ò face חופה, ò le nasce alguna creatura, ou en otras honras semejantes facen
הוצאות מופלגות, fuemos מסכימים que cada קהל y קהל ordenen
כפי הראוי להם וכפי הצורך והמקום en la dicha razon, p o r e n d e o r d e-
namos que desde el dia que esta תקנה fuere leida en cada
קהל, y non tienen תקנה sobre la dicha razon, sean tenidas en
comunial de trinta dias רצופים de ordenar en la dicha razon de
manera que sean adressados en ello.

Dieses Statut

soll für alle heiligen Gemeinden des ganzen Königreichs und
für jede einzelne Gemeinde von dem ersten Tage des Monats
Siwan dieses Jahres 5192 (1432) für die nächstfolgenden
zehn Jahre in Kraft sein, so daß sich die gesammten Gemein=
den, eine jede Gemeinde im Besondern, von dem Tage der
Publication bis nach Verlauf der angegebenen zehn Jahre da=
nach richte. . . . . . [1])

Wie lange dieses Statut in Kraft blieb und den Gemeinden
Castilien's als Richtschnur diente, wissen wir nicht. Eben so
wenig Kunde haben wir von dem weitern, zweifelsohne segens=
reichen, Wirken des „frommen und gelehrten" Don Abraham
Benveniste. [2])

Von seinem Sohne Don Joseph ist nichts bekannt.
Dessen Söhne Don Vidal und Don Abraham (geb. 1493)
zeichneten sich durch Gelehrsamkeit, Reichthum und Wohlthätig=
keit aus. [3]) Don Juda, Sohn des letztgenannten Don Ab=

---

1)

אנו מסכימים שתהיה קיימת על כל הקהלות הקדושות אשר במלכות אדונינו המלך
בה שכתוב כמו מהם ואחד אחד כל ועל י"א desde primero dia del mes
de סיון en que estamos desde año de la fecha desta dicha תקנה
fasta diez anos מהם וקהל קהל כל וכן הנזכרות הקהלות כל בה ושינהגו רצופים
desde el dia que les fuere leida, y publicada fasta cumplieron
los dichos diez anos מקצתה על ולא עליה אדם יערער ולא רצופים וכל
מקצתה או כולה לבטלה כדי וערעור גלגול שום עליה מערער או מגלגל העובר
דין ה.גכבד לרב הנתון בכח זו נתקנה שתקנה לדעתינו לפי ומנודה מוחרם יהא
(hier fehlen im Mscr. einige Worte) . . . . . . י"א אברהם

2) Sein Todesjahr finden wir nirgens angegeben.

3) Çacuto, Juchasin 226: בבנשה בן יוסף ר' היה (אברהם דון של) ובנו
הזמן ובזה . . . . הישיבות לחזק ממונם ופזרו גדולים עשירים זה בזמנינו בניו ובני

raham lebte ca. 1505 in Salonichi und war im Besitze einer reichhaltigen Bibliothek, welche von Jacob Ibn Chabib zu seinem Agaba = Commentare benutzt wurde. [4])

החזיקו תורה דון ודאל בן בנבנשת ור' אברהם אחיו , וביום המלה של זה אברהם
חסיד גדול תקצ"ג דרש עליו ר' יוסף אלבו ז"ל במנצר עיר שוריא .

Daß dieser D. Abraham II., welcher zu Anfang des sechszehnten Jahrhunderts bereits gestorben war, mit D. Abraham Senior nicht indentisch ist, habe ich in meiner Geschichte der Juden in Portugal 83, 102 nachgewiesen.

1) Jacob Ibn Chabib sagt von ihm (עין יעקב Einleitung):
ויביאני אל המקום הזה שאלוני"קי ומצאתי רבוי הספרים האלה בבואי אל החכם
השלם ונעלה דון יהודה בן השר הנשיא החסיד דון אברהם בן בנבנשת ז"ל
(vgl. auch Conforte, l. c: 32a, 34b, Schalschelet 49a.

Inhalt.